橋本多佳子全句集

橋本多佳子

角川文庫
21131

目次

橋本多佳子

海燕（うみつばめ）

自・昭和二年
至・昭和十五年

#「海燕」序

女流作家には二つの道がある。

女の道と男の道である。

女の道は、女の為に傾斜の緩やかになつてゐる道で、女として歩く道である。ところが、男の道は、女の為には何の斟酌もない傾斜の険しい道で、男に伍して歩く道である。

女の道は、当の作家にして見れば、そこを女として歩いてゐるといふところに、謂はば一種の甘えがあるし、男の作家の側では、いつもその道の緩やかな傾斜を微笑をもつて見てゐるのである。

女の道にはさういふ天引が在る。ところが、男の道にはさういふ天引はない。それは仮借なく、容赦のない、冷厳な道である。その為にこの道を行く女流作家は実に寥々として稀なのである。

「海燕」の著者橋本多佳子さんは、男の道を歩くその稀な女流作家の一人である。

この作家は心中に微塵も甘えを懐いてゐないし、誰もこの作家をいたはる者はゐない。

私はこの作家とながらく行を共にして来た。そのときどきの私の意見忠告が、この作家にとつては、指導といふことになつてゐたかも知れない。

私は、いつもこの作家に、私の作品を見ないで私の志向してゐるところを見て下さい。私の指を見ないで、指のさし示してゐる方向を見て下さいと云ひつづけて来た。聡明なこの作家は、私の言葉を容れて、ひたすら営為し、つひに今日のやうなこの作家独自の俳句を樹立したのである。

そのかがやかしい成果は、この句集が読む者に直接物語ることであらう。

なほ、私がこの作家に対して云ひつづけて来たことは、表現が未整理に終つてはいけないといふことであつた。表現が未整理といふことは、単に言葉を持てあますことではない。その言葉が荷つてゐる素材なり、内容なりを持てあますことである。といふのは、この作家のやうな詩藻豊かな作家の常として、ともすれば内容の過剰に陥らうとするのを警戒する為であつた。

俳句の作品には、その内容に自らの定量があつて、過剰も不足もともに許されない。過剰は読む者を息づまらせ、不足は読む者を退屈ならしめる。

十七音定型に、その定型が要求する定量を飽かずに詠ひつづけること、そこに俳句創造の難しさが横たはつてゐる。

この作家が、私の言葉に対して、如何に身を処し、俳句創造の困難にうち克つたかといふことも、この句集が見事な回答を与へることであらう。

この作家の歩む道の愈々ますます険しきを想ひ、私は以上のことを繰返して、それをまたこの作家の今後の指針にしたいと思ふのである。

昭和十五年十二月　病床にて

山口誓子

昭和十年以前

春日神社蹴鞠祭

公卿若し藤に蹴鞠をそらしける

曇り来し昆布干場の野菊かな

わが行けば露とびかかる葛の花

硬き角あはせて男鹿たたかへる

鹿啼きてホテルは夜の炉がもゆる

わがまつげ霧にまばたき海燕

海彦のゐて答へゐる霧笛かな

アベマリア秋夜をねまる子がいへり

昭和十年

春日若宮御祭

枯芝に万歳楽は尾をひけり

陵王に四方の庭燎（にはび）のもえさかる

志摩

春潮を着きけり志摩の国に来し

春潮のさむきに海女の業を見る

若布(め)は長(た)けて海女ゆく底ひ冥(くら)かりき

わがために春潮深く海女ゆけり

若布(め)の底に海女ゐる光り目をこらす

海女の髪春潮に漬じ碧く垂る

東風(こち)さむく海女が去りゆく息の笛

東風さむく海女も去りたり吾もいなむ

国境安別

霧の港北緯五十度なり着きぬ

船航くに北海夏の日に照らず

波荒く港といへども蕗繁り

樺を焚きわれ等迎ふる夏炉なり

フレップの涯なき野に雲流れ

フレップの実はほろにがし野に食ぶ

南風と練習船

積雲も練習船も夏白き
南風(はえ)つよし綱ひけよ張れ三角帆
百千の帆綱が南風にみだれなき
帆を統べて檣は南風の天に鳴る
白南風や練習船は舳にも帆を
練習生帆綱の上ぞ南風に堪へ
南風の船並(な)み帆の上に帆を張れる
練習船白南風の帆を並めて航く

若人等幾日ぞ南風鳴る帆の下に

月見草

巻き雲が尾をひき並び夕焼けぬ

月見草地の夕焼が去りゆきぬ

月見草雲の夕焼が地を照らす

高波のくだくる光り月見草

月見草闇馴れたれば船見ゆる

櫓山日記

山荘やわが来て葛に夜々燈す

花葛の濃きむらさきも簾(す)をへだつ

ひぐらしや絨毯青く山に住む

波

白波の沖よりたてり波乗りに

波乗りに青き六連嶋(むつれ)が垣なせり

波に乗れば沖ゆく船も吾に親し

波に乗り陸(くが)の青山より高し

波に乗れば高波空を走るなり

波乗りに暮れゆく波の藍が濃き

日輪と龍舌蘭

龍舌蘭咲きて大きな旱り来ぬ

龍舌蘭灼けたる地(つち)に葉を這す

高き葉ゆ蜥蜴の尾垂り龍舌蘭

龍舌蘭の花日輪を炎えしめぬ

龍舌蘭旱天の花驕り立つ

龍舌蘭夏天の銀河夜々濃ゆし

磯

月照りて野山があをき魂送り
月の砂照りてはてなき魂送り
わが袂磯砂にある魂送り
月光にもゆる送り火魂送り
おぼえなき父のみ魂もわが送る
浦人の送り火波に焚きのこる
送り火が並び浦曲を夜にゐがく

曼珠沙華

曼珠沙華咲きて日輪衰へず
曼珠沙華折りたる手にぞ火立もゆ
曼珠沙華火立の花瓣うづまける
野路ゆきて華鬘つくらな曼珠沙華
曼珠沙華折りて露草わすれたる
曼珠沙華日はじりじりと襟を灼く
曼珠沙華日は灼けつつも空澄めり

みとり

茎高く華もえ澄めり曼珠沙華

曼珠沙華みとりの妻として生きる

醍醐寺路

里びとは北しぐれとぞいひつ濡れ

北しぐれ野菊の土はぬれずある

野をゆきつ吾にも馴れし北しぐれ

京都島原

冬の燭遊び女に吾にまたたかず
冬の燭見て吾を見しにはあらざりし

ひと日臥し

ひと日臥し庭の真萩もすでに夕べ
青き蛾のとびて夜が来ぬひと日臥し
秋の蚊帳枕燈ひくくよみて寝ず

昭和十一年

凩

凩の白雲ひとつ光りてゆけり
凩は地に鳴り路を白らめたる
凍てし燈の光の尾さへ風が奪ふ
凩の天鳴り壁の炉が鳴れり
吾子そろひ凩の夜の炉がもゆる

六甲山上

スケートの面粉雪にゆき向ふ
スケートの手組めりつよき腕と組めり
スケートの手組めり体はたえずななめ
スケートの汗ばみし顔なほ周る
スケートに青槇雪をふきおとす
雪去れりスケートリンク天と碧き

二月

煖炉たき吾子抱き主婦の心たる

煖炉もえ末子（をとご）は父のひざにある

書をくりて風邪の憂鬱ひとり黙す

ひとりゐて落ちたる椿燻べし炉火

地下の花舗

凩は遠き地に鳴り地下をゆく

落葉あり地下の掃除夫路を洗ふ

ひとを運ぶ階は動けり地下凍てず
地下の花舗温室(むろ)の白百合路にあふれ
地下の花舗汗ばむ毛皮肩にせり
ひと待ちぬ約せし花舗に毛皮ぬぎ

葬

雪しまきわが喪の髪はみだれたり
わが眼路の柩かくしぬ雪しまき
雪の野ははるけしここに人を焼く
葬(はふり)の炉火が入りしまく天鳴れり

吹雪きて天も地もなき火の葬り

野火

葛(く)蔓(づ)帯の阿蘇のくにびと野(ぬ)火かくる

火の山の阿蘇のあら野に火かけたる

霾(よな)が降る阿蘇の大野(ぬ)に火かけたる

火かければ大野風たち風駆くる

火の山ゆひろごる野火ぞ野を駆くる

野にをらびくにびと野火とたたかへる

天ちかきこの大野火をひとが守る

草千里野火天へ傾けり
野火に向ひ家居の吾子をわが思へり

当麻

牡丹照り二上山ここに裾をひく
牡丹照り女峰男峰とかさなれる
牡丹照り厨の噴井鳴りあふる

薔薇を贈る

花舗くらく春日に碧き日覆せり

薔薇欲しと来つれば花舗の花に迷はず
薔薇を撰り花舗のくらきをわすれたる
花舗いでゝ街ゆき薔薇が手にまぶし
病院の匂ひ抱ける薔薇のにほひ
薔薇にほひあさきねぶりのひとがさめぬ

上海

四川路

激戦のあと夏草のすでに生ひぬ
旅を来し激戦のあと燕とび

草青く戦趾に階が残りたる

仏蘭西租界

春暁の路面かつかつと馬車ゆかす

春暁の街燈ちかく車上に過ぎ

幌の馬車春暁の街の角に獲し

春暁の外套黒き夫と車上

春暁のひかり背がまろき馭者とゆけり

春暁の靄に燐寸の火をもやす

霧の停船

サドル島沖にて

霧はさびし海の燕がゐて飛ばず

押ならぶ海燕さへ霧はさびし

海燕霧の停船夜となりぬ

海燕するどき尾羽も霧滴(た)りつ

海図ありこもれる霧に燈(ひ)をともす

霧はさびし水夫(かこ)の手燈(たひ)さへもの照らさず

霧笛しきりわだなかにして波をきかず

わだなかのこのしづけさに霧笛きゆ
海燕われも旅ゆき霧にあふ

潮路

船長も舵手も夏服よごれなき
羅針盤しづけし雷火たばしるに

涼しき地下

地下涼し炎日の香は身に残り
電気時計(シンクロン)涼しき地下の時を指す

走輪去り地下響音を断ちて涼し

鵜篝

闇に現れ鵜(う)篝(かがり)並(な)めて落し来る

鵜のあはれ鵜縄の張ればひかれたる

篝もえ舳(へ)のつかれ鵜を片照らす

闇を翔くる

あぢさゐの夕焼天にうつりたる

蝙蝠は天の高きに飛びて焼けぬ

蝙蝠は夕焼消ゆる地を翔くる
蝙蝠の飛びてみとりの燈も濃きよ
蝙蝠を闇に見たりきみとる夜半(よは)

六甲ホテル

霧あをし紫陽花霧に花をこぞり
霧ごもり額(がく)の濃瑠璃が部屋に咲く
炉火すゞし山のホテルは梁をあらは
霧にほひホテル夕餐の燈(ひ)がぬくき

髪

百合にうづみ骸の髪生きてゐる
百合匂ひ看護婦は死の髪を梳く
百合そへしなつかしき死の髪に触る

なげきの友に

若人の葬ぞ炎ゆる日をかゝげ
母に遺す一高の帽白き百合

葬

曼珠沙華身ぢかきものを焼くけぶり

曼珠沙華多摩の翠微をけぶらしぬ

曼珠沙華はふりのけぶり地よりたつ

曼珠沙華灼熱の骨を灰にひらふ

曼珠沙華はふりの車輪をふれぬ

昭和十二年

蒼光

夜光虫星天海を照らさざる
夜光虫火星が赫く波に懸る
夜光虫垂直の舳を高く航く
夜光虫夜の舷に吾は倚る
夜光虫さびしや天の星を見る

北風を航く1

船室（キャビン）より北風（きた）の檣（マスト）の作業みゆ

煖房に闇守（も）る水夫（かこ）の瞳（め）を感ず

浴槽（バス）あふれ北風航くことをわすれたり

北風を航く2

北風（きた）の扉（と）がひらかれ煌と吾を照らす

無電技士わかく北風航く夜をひとり

北風を航くその揺れにゐて無電打つ

わが電波北風吹く夜の陸（くが）よびつ

聖母学院

見さくる野黄なりここなる園も枯れ

枯園に聖母（マメール）の瞳碧をたたへ

ただ黒き裳すそを枯るる野にひけり

枯園に靴ぬがれ少女達を見ず

学び果てぬ日輪枯るる園に照り

櫓山荘

夫の手に壁炉の榾火たきつがれ

首夏雑章

捕虫網子等は穂わたをかゆがれる
捕虫網草原に且つ青かりき
捕虫網草原の日に出て焼くる
樹々にほひ更衣のあした嵐せり
あらはれて高架走輪新樹に入る
雨荒れて緑蔭の椅子部屋にある
騎馬南風に駆り来て波に乗り入れず

向日葵

向日葵に天よりあつき光来る
向日葵の蕚たくましく日に向へり
向日葵は火照(ほて)りはげしく昏れてゐる
向日葵に夜の髪垂りてしづくせる

天神祭

渡御まちぬ夕の赤光河にながれ
渡御の舟みあかしくらくすぎませる

月光と菊

颱風過しづかに寝(い)ねて死にちかき

死にちかき面(も)に寄り月の光(て)るをいひぬ

月光にいのち死にゆくひとと寝る

月光は美し吾は死に侍りぬ

夫(つま)うづむ真白き菊をちぎりたり

菊白く死の髪豊かなりかなし

忌籠り

忌に籠り野(ぬ)の曼珠沙華ここに咲けり
曼珠沙華咲くとつぶやきひとり堪ゆ
曼珠沙華あしたは白き露が凝る
露のあさ忌にゐてをみなは髪を梳く
露のあさ帯も真黒く喪の衣(きぬ)なり
曼珠沙華けふ衰へぬ花をこぞり

寒夜

駅に降りおり北風きたにむかひて家に帰る
北風つよく抗あらがひ来るに身をかばひ
寒かんの星昴すばるけぶるに眼をこらす
北風吹けり夜天あきらかに雲をゆかす
枯木鳴り耀く星座かかげたる
星天は厳いっしく霜の地を照らす

壁炉を焚く

壁炉へきろもえ主しゅのなき椅子の炉にむかひ
吾子とゐて父なきまどゐ壁炉もえ

壁炉照り吾子亡き父の椅子にゐる

吾子寝ねてより海鳴りを炉にきけり

夜の濤は地に轟けり壁炉もゆ

われのみの夜ぞ更けまさり炉火をつぐ

壁炉もえ白き寝台にひとを見ず

惜しみなく炉火焚かれたり雪降り来る

あさの炉がもえたり旅装黒くゐる

荒るゝ関門

機関止みふぶける船に艀を寄す

黒き舷船名もなく雪に繋る

舷側の十字を紅く吹雪の中

雪の航水夫(かこ)垂直の階を攀づ

雪を航き朝餐のぬくきパンちぎる

航海燈かがやき雪の帆綱垂る

雪を航きひとりの船室(キャビン)燈をともす

昭和十三年

果樹園

二月

農婦マヤわが泊つる夜の炉を焚きに

くちそそぐ花枇杷鬱として匂ひ

洗面器ゆげたち凍てし地に置かれ

農婦の瞳霜の大地のひかりあふれ

六月

地の籠に枇杷採りあふれなほ運ばる

枇杷のもと農婦とあつき枇杷すする

栗の花日に熟れ草に農婦等と

草に寝て栗の照花額にする

波野

大阿蘇の波なす青野夜もあをき

子がたてりこの野の蛍掌にともし

蛍籠子等が匂はせ地にも飛ぶ

蛍火が掌をもれひとをくらくする

莨の葉蛍をらしめ列車いづ

青き阿蘇

青草の草千里浜天さびし

駆くる野馬(やば)夏野の青にかくれなし

青牧に中岳(なかだけ)霧を降ろし来る

日輪に青野の霧が粗(あら)く降る

霧ゆきて炎(も)ゆる日輪をかくさざる

夏雲に胸たくましき野馬駆くる

夏雲に昂る野馬が野を駆くる

第一火口

熔岩(らば)を攀ぢ夏青山を四方に見ず

霧巻くに炎(も)ゆる日輪懸りたる

岩燕泥濘たぎち火口なり

火口壁灼くるに人を見し驚き

第二火口

火噴くとき夏日を天に失へり

噴煙は灼くる天搏ち巻き降(くだ)る

神の火に対ひ炎日を忘れたり

噴煙の熱風に身を纏(ま)かれたり

旅雑章

新樹荒れ埠頭の鉄路浪駆けり

神戸港

新樹荒れタキシー水漬(みづ)きつつ駆くる

蓬萊丸

夏潮の青さ絨毯をふみて船室

銀河濃し無電の部屋へ階をのぼる

船橋に夏夜の星座ゆるる愉しさ

夏暁（あけ）のオリオンを地に船着けり

雲仙

夜の軽羅硬きナプキンを手にひらく

長崎

遠花火夜の髪梳きて長崎に

峡港

海燕歩廊に青き海暁けたり

連絡船峡の青嶺が灼け迫る

青林檎囓みつつひとは海に向へり

夏潮に航送の貨車車輪あらは
貨物船油流しつつ朝焼くる
船繋り夏潮段(きだ)をなして落つ

昭和十四年

大浦天主堂

雷をきき聖なる燭のもとにわれ
雷雨去り聖歌しづかなりつづく

虹ひくく天主の階を降りんとする

雲仙

野馬しづか吹き来る霧に尾を翻し

霧がゆき群れゐる野馬を野にのこす

風邪

風邪に臥す遠き機銃音とぎれ

九州への旅

鴨緑丸

海雀（かいじやく）を北風（きた）に群れしめ解纜（かいらん）す
港遠く海雀北風になほとべり
北風を航き陸（くが）の探照燈に射られ
七面鳥皿に灯ともり聖夜航く
北風の中水夫（かこ）綱を降り駆けて去る
冬雲に甲板（デッキ）短艇（ボート）を支へ航く
北風の浪汽艇にうつる腕をとられ

石垣原

枯るる野に温泉(ゆ)突(づ)きの車輪まはるまはる

櫓山荘にて

炉によみて夫(つま)の古椅子ゆるる椅子

ひとりの夜よみて壁炉(へきろ)の椅子熱す

凩(こがらし)の天ダイナモも鳴りとよむ

北風(きた)昏れて熔炉の炎(も)ゆる駅を発つ

由布高原

風車(ウインドミル)寒き落暉を翼にせり

風車由布の雪雲野に降りる

貯炭場

トロツコを子が駆り北風(きた)の中を来る

子の爪があがり索道よりひくかり

塊炭を投げあひ爪をもたざりき

霧さむく火を焚く船へ子はかへる

妙高々原

鉄路

夜の鉄路乗りかへてより雪深き

寝台車真夜雪ふかき駅を見たり

寝台車手洗場（トワレ）に雪原暁けてゐる

雪原を焚きけぶらして鉄路守る

月ひかり雪原暁くる駅に降（お）る

子が遊び雪原の雪駅にも敷く

除雪車のプロペラ雪を嚙みてやすむ

信号手青旗に除雪車をゆかす

日輪に除雪車雪をあげてすすむ

橇行

雪原をゆくとまくろき幌の橇

橇駆けり雪原にくろき点となる

雪原の昏るるに燈（ひ）なき橇にゐる

雪原に橇駆り吾子と昏れてゐる

雪原の極星高く橇ゆけり

橇の馭者昴（スバル）を帽にかがやかす

橇がゆき満天の星を幌にする

ひくき星橇ゆく方の燈と見ゆる

雪原に遭ひたるひとを燈に照らす

赤倉観光ホテル

ホテルあり鉄階を雪の地に降ろし

ラヂエター鳴りて樹氷の野が暁くる

樹氷林ホテルのけぶり纏(ま)きて澄む

熱湯の栓あけ部屋に雪ごもる

雪原のしづけさ部屋の窓をひらき

スキー靴ぬがずにおそき昼餐をとる

雪深くして厨房の音こもる

月が照り雪原遠き駅ともる

月が照り雪原の面昏しと思ふ

雪眼鏡雪原に日も手も碧き

万燈

春日神社

万燈(まんとう)のしづかなひとのながれにゐる
万燈の裸火ひとつまたたける
油火の火立(ほだち)しづかに霜が降る

小豆嶋

春日没り塩田昏るる身のまはり
魚ひかり春潮比重計浸せり

春日昏れ塩屋の裡(うち)にベルト鳴り

墓　地

室(むろ)桜手にせりひとの葬にあふ
閼(あ)伽(か)汲むと春の日(ひ)中(なか)に井を鳴らす
墓地をゆき春の落暉に歩み入る
春日暮れ掘られし墓地の土をふむ

長崎にて

長崎の暗き橋ゆき遠花火

港見るうしろに青き蚊帳吊られ

青き蚊帳熟睡(うまゐ)の吾子とならび寝む

青き蚊帳ひとの家にも吊られゐる

霧を航く

埠頭の燈(ひ)去りゆき霧の航につく

あかつきの舷燈よごれ霧をゆく

霧を航き汽笛の中を子が駆くる

霧を航き船晩餐の燈を惜しまず

船室(キャビン)も霧寝台(ベッド)の帳ひきて寝る

稲妻

いなづまを負ひし一瞬の顔なりき
いなびかり想ひはまたもくりかへす

吉田火祭

火のまつりくらき燈火を家に吊り
火祭の道よりひくく蚊帳吊られ
火まつりの戸口にちかく子がねまり
火のまつり子等は寝ねしか町に見ず

火祭の戸毎ぞ荒らぶ火に仕ふ

湖(うみ)をへだて火まつりの火がおとろふる

火祭のその夜の野山月に青く

湖畔雑章 1

霧昏れて落葉松(からまつ)にゐし吾よばる

いなづまに落葉松の幹たちならぶ

郭公は野の富士青き夜を啼ける

寂しさの極みなし青き螇蚸(ばった)とぶ

湖畔雑章 2

熔岩野(らばの)来て秋風の中に身を置ける

秋空と熔岩野涯なし歩みゐる

熔岩の原薊を黒く咲かしむる

富士薊日輪に翳するものなし

熔岩の砂熱きを掬(むす)び掌(て)をもるる

地を翔くる秋燕ひとりの道かへる

昭和十五年

回想の壁炉

壁の外海鳴り壁に炉がもゆる

壁炉もえ吾が寝る闇を朱にしたり

回想の炉がもえひとを炉に映えしめ

筑紫なるかの炉かなしみ炉を焚ける

枯るる墓地

わが手向冬菊の朱を地に点ず
閼伽の水豊かに冬の日とも思へず
墓地をゆき黒き手套をぬがざりき

南　紀

貝ひかり冬の薊の濃きを得ぬ
わが眉に冬濤崇く迫り来る
冬濤のうちし響きに身を衝たる

子が駆けり吾駆けり北風(きた)の波うてり
真夜の雛われ枕燈(まくらび)をひくゝとぼし
女(め)の雛描かれて男の袖に倚り

雑愁

発車する列車と歩み春日面(も)に
春落暉歩廊に列車の尾も疾くなり
黄砂航く朱の一輪の月一夜
日覆ふかく疲れ港の照るを瞳に

島への旅

面を過ぐる機関車の灼け旅はじまる

潮騒を身ちかく火蛾と海渡る

ひとの家に実桜熟るる一夜寝し

玫瑰(はまなす)に紅あり潮騒沖に鳴る

鳴門をゆく

夏潮の滾ち真白くはや舳(へ)のゆれ

真日灼くる渦潮を直(ただ)に船航けり

夏潮に激せる船があなしざる

南風(はえ)碧く渦潮の面(も)を駆け過ぐる

渦潮を過ぎ来て南風に舳(へ)をかはす

羅針盤

短艇(ボート)甲板(デッキ)燬(や)くる静けさ日も航けり

羅針盤平らに銀河弧(こ)をなせり

羅針ともり天球銀河の尾を垂らす

海晦くいなづま船橋を透せり

いなびかり船橋(ブリッヂ)にひくき言(こと)かはす

雷鳴下旬ひはげしく百合俯向く

湖畔日記

郭公を暁にきゝそれより寝き
言とぎれ面に夏雲たゞ照るのみ
林中の夕焼よめる書には来ず
夜草刈蠍の星はしづみたり
天昏れて草原いつまでも蒼き
富士薊野のいなづまにかくれなき
寝られねば野のいなづまを顔にする

月照りて野の露ひとをゆかしめず

ひとを送り野のいなづまに衝(う)たれ立つ

虫の声かさなり四方(よも)の野より来る

露けくて富士は朝焼野にうつす

曼珠沙華吾が疲るゝに炎(も)えつきず

落葉松(からまつ)の散る野の椅子をたゝみて去る

裾野

青野来し砲車の車輪湖(うみ)荒るる

車輪の中遠き青野の山が移る

夏草野砲車の車輪川渡る
砲車ゆく青愛鷹山を野にひくく

強　羅

夕焼くるかの雲のもとひと待たむ
夕焼雲鉄路は昏るる峡に入る
ひととゐて露けき星をふりかぶる
ひとの肩蟋蟀の声流れゐる
鵙啼けりひとと在る時かくて過ぐ

後記

俳句を作り初めてから、既に十数年の歳月が過ぎたが、本当に勉強をしはじめたのは昭和十年「馬酔木」に拠つてからのことである。

思へばこの間常に励まし、導いて下さつた山口誓子先生、又いつも温情を以てお目守り下さつた水原秋桜子先生の下に今日迄歩みをつづけて来られた自分の作家としての幸福をつくづく勿体ないものに思ふのである。この度両先生からのお勧めに従ひ、今迄の貧しい作品を纏(まと)めることになつた。私はこの句集を生前いつも私の句作をはげまして貰つた夫の霊前に捧げようと思ふ。多くの作品が夫と共にした旅行から生れたことも今はなつかしい想ひ出となつた。

この句集の刊行に当つては、水原先生から題字を賜り、装幀まで種々御配慮を戴いた。尚御病中の山口先生をもお煩し申上げ、その上序文まで賜つた。ここに厚く御礼申上ぐる次第である。

美しい表紙絵を頂いた富本憲吉先生、私の我儘をすべて快く入れて御迷惑を顧られなかつた交蘭社主飯尾謙蔵氏の御厚志にも深く感謝するものである。

「海燕」は、夫との最後の旅行となつた上海行の途次、霧に停船してゐる筥崎丸にあまたの燕が翼を休めたことが忘れ難く、それを句集の名としたのである。

昭和十五年十二月

帝塚山にて

橋本多佳子

信濃（しなの）

自・昭和十六年
至・昭和二十一年

昭和十六年

信濃抄一

雪山に野を界(かぎ)られて西行忌

翁草野の枯色はしりぞかず

暁けて来るくらさ愉しく燕とゐる

雪白きしなのの山山燕来る

桜散るしなのの人の野墓よき

南風（みなみ）吹く湖（うみ）のさびしさ身に一と日

子を負へる子のみしなのの梨すもも

野の藤はひくきより垂り吾に垂る

野の愁ここだの藤を身に垂らし

五月野の雲の速きをひと寂しむ

辛夷に立ち冥（くら）き湖にも心牽かれ

愁なき瞳に落葉松（からまつ）の青つきず

父三十三回忌

想出は花火の室をふりかぶる

掌に熱き粥の清（すが）しさ夏やせて

機銃やみ一本の桔梗露に立つ
驟雨中ききそれし言そのままに

信濃抄二

霧降れば霧に炉を焚きいのち護る
霧の中おのが身細き吾亦紅
花売りの擬宝珠ばかり信濃をとめ
十六夜はわが寝る刻を草に照る
ひと去りしいなづまの夜ぞ母子の夜
しづめたる食器泉の辺に読める

日々手伝ひに来る子あり

ひとの子を濃霧にかへす吾亦紅

寂しければ雨降る蕗に燈を向くる

暁（あけ）殊に露けき蚊帳ぞ子のねむり

わかれ蚊帳母子に五位の声つばら

露の楢（なら）夜はわが燈に幹ぬれて

母と子に夜も木の実の落ちしきる

黒姫も落暉負ふ山燕去る

数歩にして狐のかみそり草隠る

白露や花を尽さぬ鳥かぶと

北陸線親不知辺り

虹消えて荒磯に鉄路残りたる

秋の蝶きりぎしのもといそぎつつ

夫の忌に

月光に一つの椅子を置きかふる

いわし雲忌日きのふに過ぎゆける

さびしさを日日のいのちぞ雁わたる

鶏頭の花のみ視野にしてひさし

睡られぬ月明き夜のつづくなる

昭和十七年

紀州白浜

冬薊海界高くのぼり来ぬ

冬の霧手套の黒き指を組む

霧ながら冬うつくしき夕べ得ぬ

明比ゆき子夫人に

一月の菫を黒く指宿に

燈ともして梅はうつむく花多き

さびしさといふこと紅梅身辺りに

二月の雲象かへざる寂しさよ

奈良春日神社節分宵宮

万燈籠たかきへたかきへ道いざなふ

万燈籠幽けしひとの歩にあはす

身にさして万燈ほのかなるひかり

かぎろへる遠き鉄路を子等がこゆ

春月の明るさをいひ且つともす

伊賀芭蕉生家

蕗畑のひかり身にしつなつかしき

木曾馬籠　十一句

加藤かけい氏に御案内頂き、永昌寺に泊る
かけい氏は即日雨の中を帰へられた

牡丹にあひはげしき木曾の雨に逢ふ
ひとをかへすおだまきの雨止むまじく
薄荷の葉嚙んで子供等雨が降る
おだまきやどの子も誰も子を負ひて
入学の一と月経たる紫雲英道
薄荷の葉嚙みすてし唇攣気ひゆ
山吹の黄の鮮らしや一夜寝し
牡丹照るしづけさに仔馬立ねむる

牡丹照り鶏は卵を抱きをり

吾去りて山は蚕飼の季むかふ

燕来ぬ山家の障子真白に

花あふち梢のさやぎのしづまらぬ

どくだみの白妙梅雨の一日昏る

美代子入試のため暁よりはげむ　二句

こがね虫吾子音読の燈をうちうつ

学ぶ子に暁四時の油蟬

信濃抄三

はまなすの紅姥捨も霧に過ぎ
髪匂ふことも親しく蛍の夜
きりぎりす日が射せるより露あつく
膝前に秋炉もえつく山の日々
硯洗ふ墨あをあをと流れけり
身の辺り狐のかみそり日日に立つ
草照りて十六夜雲を離れたり
青胡桃地にぬくもりて拾はるる

青栗にしなのの空がすき透る

いなびかりひとゐて炉火を更けしめず

わがひざに小猫がぬくしいなびかり

ひざ前(さき)に炉火が燃えつぐきりぎりす

朝刊のつめたさ螽蟖(ぎす)が歩み寄る

牛乳(ちち)飲みに日日や秋立つ切通し

母と子に落葉の焔すぐ尽きぬ

一茶終焉の土蔵にて

あさがほや家をめぐりて十数歩

鳥兜花尽さぬに我等去る

道の辺に捨蚕の白さ信濃去る
日が射せる秋の蚊遣や忌を訪はる

昭和十八年

時雨月夜半ともなれば照りわたり
山茶花のくれなゐひとに訪はれずに

八十二歳の母を郷土に葬る　二句

武蔵野の樹々が真黄に母葬る
母葬る土美しや時雨降る

枯萩を人焚き昏るる吾も昏る

枯萩の焰ましろくすぐをはる

木枯のひとときタ焼つのり来る

ひばり野やあはせる袖に日が落つる

水打つてけふ紅梅に夕凍てず

野々宮

来し方や昏き椿の道おもふ

冬雲の北のあをきをわが恃む

雨風の連翹闇の中となる

縫ひすすむ針よりも衣ひゆる夜ぞ

子とあれば吾いきいきと初蛙

信濃抄四

いづこにもいたどりの紅木曾に泊つ

一夜寝て暁ひぐらしを枕もと

足袋買ふや木曾の坂町夏祭

いなびかりつひに我灯も消しにけり

走り出て湖汲む少女いなびかり

秋燕にしなのの祭湖荒れて

草の中ひたすすみゆく秋の風

雀ゐて露のどんぐり落ちる落ちる

木の実落つわかれの言葉短くも

百日紅つかれし夕べむらさきに

曼珠沙華ひそかに息をととのふる

早稲の香のしむばかりなる旅の袖

筆洗ふ蜩とみに減りしよと

奈良二月堂に青衣女人の能を観る

増面に八日の月の落ちかかる

角あはす雄鹿かなしき道の端

木犀の香や縫ひつぎて七夜なる

後の月縫ひ上げし衣かたはらに

四日市に誓子先生をお訪ひする　五句

つゆじもや発つ足袋しろくはきかふる

ほのぼのと襟あたたかし石蕗（つは）も日に

濤うちし音返りゆく障子かな

砂をゆく歩々の深さよ天の川

濤ひびく障子の中の秋夜かな

朝刊に日いつぱいや蜂あゆむ

冬河に海鳥むるる日を訪へり

冬の月明るきがまま門（と）を閉ざす

昭和十九年

名古屋に加藤かけい氏を訪ふ
かすみ女様に初めておめにかゝる、
そしてこれが最後となりし　三句

さめてまた時雨の夜半ぞひとのもと

臘梅のかをりやひとの家につかれ

枯るる道ひとに従ひゆくはよき

鈴鹿に堀内三郎を送る　二句

雪嶺を空にし人はあひわかる

うしろより肩かけうけてわかるる刻

枯木中わがゆく方に月すすむ

夫の墓地阿倍野にあり

事告げて帰へる萩むら風の中

祖母の雛上野の戦火のがれて今も吾と在り

古雛をみなの道ぞいつくしき

菅原抄

住吉帝塚山より奈良西大寺の辺り菅原へ引移る
裏の松山へ登れば薬師寺の塔も見ゆ

鶯やかまどは焔をしみなく

移り来て蕗薹のみ鮮しき

水仙のりゝと真白し身のほとり

わが住みて野辺の末黒を簷(のき)のもと

月いでてわが袖の辺(へ)も朧なる

ほととぎす暁の闇紺青(こんじやう)に

ほととぎす新墾に火を走らする

上京　四句

い寝さめて武蔵野の穹合歓の穹

洋子生る

天の川今滝なせり産声を

久々にて叔母に逢ふ

毛糸あむ掌のなつかしや事告げむ

車窓明け富士新雪の天に逢ふ

草の穂を走るいなづま字を習ふ

干大根人かげのして訪はれけり

干大根月かげにあり我家なり

昭和二十年

礫うつ氷沼のひびきを愛(かな)しみて

時雨星北斗七つをかぞへけり

鹿の斑の夏うるはしや愁ふまじ

啓子男子をあげる

みどり子もその母も寝て雁の夜

鰯雲旅を忘れしにはあらず

曼珠沙華塔得し道の楽しさに

秋風や耳朶を熱くしひとの前

曼珠沙華海なき国をいでず住む

曼珠沙華さめたる夢に真紅なり

奈良飛火野

白露や穂草茫茫ちかよれず

病みて

簾訪ひ来し人の声をきく

九州路

着きてすぐわかれの言葉霧の夜

門司と読み海霧巻ける街に出る

夜の霧に部屋得て窓に港の燈

筑紫路や鉄路も墓も石蕗(つは)さかり

波あがる崖そひの道石蕗の照り
宿ありて夜霧博多の町帰る
旧より江夫人邸
秋蝶に猫美しく老いにけり
秋雨にわかれの言葉まだいはず
船まつや不知火の海蝗とび
石蕗の照り爪切つてゐるひとの許
綿虫に瞳を細めつつ海青き
旅の髪洗ふや夜霧町をこめ
窓あけて不知火の海ただ闇に

わが大分園芸場の荒廃に驚く

荒園の又美しやいわし雲

由布に雪来る日しづかに便書く

柚を垂らす秋刀魚筑紫の旅了る

冬の蝶いつしか旅の日をかさね

下関

冬の月いでて歩廊の海冥き

貨車の旅

寒星のひかりにめざめ貨車の闇

寒の闇体がくんと貨車止る

貨車とまる駅にあらざる霜の崖

貨車の闇小さき鏡に霜明くる

貨車の扉の筑紫冬嶽みな尖る

昭和二十一年

寒牡丹炭ひく音をはばからず

寒牡丹山家の日ざしとどめ得ず

山住みのしぐれぞよしや日日時雨

再び筑紫へ

わすれ雪髪をぬらして着きにけり

桃たへず雫してゐるわすれ雪

小倉櫓山荘にて　二句

廃園に海のまぶしき藪椿

杉田久女様御逝去を知る。小倉在住当時俳句の手ほどきを受ける。毎日のやうに櫓山荘を訪づれられしを想ひ

春潮に指をぬらして人弔ふ

菜殻火のけむりますぐに昏るるなり

雨の天（そら）たしかに雲雀（ひばり）啼いてゐる

なかぞらに虻（あぶ）のかなしさ子の熟睡（うまゐ）
田植季（どき）わが雨傘もみどりなす
山吹や山水なれば流れ疾く
中空に音の消えてゆくつばな笛
ほととぎす髪をみどりに子の睡り
ほととぎす夜の髪を梳きゐたりけり
灯のもるる蕗真青に降り出しぬ
簾（す）戸（ど）入れて我家のくらさ野の青さ
霧がくる一輪の日や沼施餓鬼
沼波の青沁むべしや施餓鬼幡

沼施餓鬼蟹はひそかによこぎりて

雨の沼蛍火ひとつ光り流れ

金鳳華子らの遊びは野にはづむ

ひと日臥し卯の花腐し美しや

久し振りなるにしき丸にて九州へ　三句

夜光虫舳波の湧けば燃ゆるなり

高松へ寄港

枇杷買ふて舷梯のぼる夜の雨

仄かにも渦ながれゆく夜光虫

わが園芸場の栗畑伐りて畠とさる　八句

花栗の伐らるる音を身にし立つ

由布嶽、鶴見嶽等園をかこめば

樹々伐られ夏嶽園（えん）に迫り聳（た）つ

月燦々樹を伐られたる花栗に

花栗の枝ふりかぶり斧うちうつ

生々と切株にほふ雲の峰

炎天の清（すが）しき人の汗を見る

炎天の清々しさよ鉄線花

雨の蚊帳花栗の香にい寝られず

紫蘇しぼりしぼりて母の恋ひしかり

もの書けるひと日は指を紫蘇にそめ

蛍火のこぼれて小石照らさるる

珈琲濃しあさがほの紺けふ多く

子が吹く蘆の笛の音面白ければ吾も吹きみる

蘆の笛吹きあひて音を異にする

子がねむる重さ花火の夜がつづく

蟬に子に夕べながさよ子をよびに

濃き墨のかはきやすさよ青嵐

梶の葉の文字瑞々と書かれけり

七夕や髪ぬれしまま人に逢ふ

病みて

いなびかり病めば櫛など枕もと
いなびかり医師（くすし）の背よりわがあびぬ
いなびかり寝しまま髪を梳きくる
うちそとに月の萩むら門を鎖す
銀屏に蛾の多き夜や病み臥して
頭のみ見えて雀が野分中
づぶ濡れて野分の雀われ覗く
青芒月いでて人帰すなり
病み臥して夜々のいなづま身にあびる

青萱に月さして尚雨はげし
蜂の巣にめつきり朝は秋日ざし
ひぐらしのしぶけるごとく湖暮るる
夜の障子木犀の香のとどこほる
われに来る木犀の香をひとよぎり
木犀のにほひの中に忌日来る
みじろげば木犀の香のたちのぼる
狐花かたまり咲きて翳なさず
狐花わが前に咲き沼に咲き
沼波のにごりいく日ぞ狐花

狐花茎瑞々と花失せし

曼珠沙華忌日の入日とどまらず

曼珠沙華海を渡りてなほ鉄路

曼珠沙華けふは旅なる吾にもゆ

曼珠沙華駅々に咲き旅遠き

さそり座をかかげ余して露の宿

四日市

出水して町に秋燕啼き溜る

踏切を流れ退く秋出水

蟹の碧秋の出水の町に見る

秋燕や高き帆柱町に泊つ

山口波津女夫人に

夕焼中ともにをみなの髪そまり

尾を見せて狐没しぬ霧月夜

母と子のトランプ狐啼く夜なり

霧月夜狐があそぶ光のみ

紅絲(こうし)

自・昭和二十三年
至・昭和二十六年

「紅絲」序

志賀直哉の「奇人脱哉」の中に
「脱哉は下手ものの興行物を観る事が好きで、あやめ池温泉の余興の芝居をよく観に行った。一芝居が済んでから、温泉に入って待ってゐると、役者が湯に入りに来る。それをつかまへて、一緒に湯につかりながら自分の劇評を聞かすのださうだ。科白について細かい忠告をするのだといふ。そして翌日、又行って観てゐると、たまに自分の云ったやうに演ずる事があるので非常に面白いといってゐた事がある。」
といふ一節がある。
批評といふことを考へる場合にこの一節はいい手懸りだ。いろいろのことが考へられる。あやめ池温泉で余興に行はるゝ芝居ならば、批評が直ぐその翌日の舞台に実現されもしよう。しかし、それとてもときたまに実現されるだけで、そのやうな役者といへども、批評に一から十まで服する訳ではない。
芝居の科白や演出は批評に聴いて直ぐにも改められもしよう。それは脚本の再現とか解釈の問題だからである。しかし、事、創作に関する限り、さう簡単にはゆかぬ。それは実作者ならば誰しも身に沁みて痛感してゐることである。

それ等のことは、私が「日記抄」に書いた、

批評に堪へることが一つのこと
批評を乗り踰えることが又一つのこと

といふ言葉にもつながりを持つてゐる。

実作者にとつて批評ほど鬱陶しいものはない。といふのは、世上の批評は聴くべき批評と聴くべからざる批評とがまじりあひ、又批評さへすれば相手の作品が改まるものと思ひ込む書生臭い批評が多いからである。

それ等の批評を、頭を垂れ、頸根つきぬいて傾聴することは難行である。これが第一の難行。

その上、たとへ聴くべき批評であつても、それによつて爾後の作品を改め、その批評を乗り踰えるといふこと、つまり批評に作品を叩きつけ、批評を見返すといふことは実に容易ならざることである。

創作のことは、脚本を忠実に再現するとか、脚本の精神を生かすといふやうなことではない。身から血の噴き出るやうな難行である。これが第二の難行、然も大いなる難行。

批評家は放言で事足りるが、実作者は批評と戦ふ為めに二重の難行をやり遂げねばならぬのである。

私自身それを試みて幾度も失敗を繰り返した。「七曜」が批評との一つの対決であつたが、それが失敗に終つた。又「激浪」「遠星」「晩刻」の三部作も亦、批評との他の一つの

対決であつたが、それも失敗であつたやうだ。

戦争の真最中、「激浪」「遠星」の作品を創つてゐたとき、私は自分の肉体とともにそれ等の作品の消滅してしまふことを惜しんで、作品の纏まるにつれ、それを奈良のあやめ池の南に住ゐする多佳子さんにせつせと送りつゞけ、庫の中に蔵つて貰つてゐた。

当時の多佳子さんは、第一句集「海燕」に受けた苛酷な批評を堪へ忍び、それを乗り踰えようとされてゐたのだ。謙抑なる多佳子さんからの手紙には、いまは創作の気力も失せ、御作品を拝見しても奮ひ起てずにをりますといふやうなことが書いてあつたが、ほんとは批評を乗り踰える準備が著々と為されてゐたのである。その努力は後日第二句集「信濃」となつて美事に結実した。それが何よりの証拠である。

私は三部作につゞいて、「青女」に収むべき作品を「天狼」に発表したが、それも世の期待をつなぎ得なかつた。

それに引きかへ、私の「青女」と並行する多佳子さんの句業は実に素晴しいものであつた。多佳子さんの句を解し得ざる者は論外として、それを解し得る者でこの時期の多佳子俳句を嘆賞せぬはない。

こんどの第三句集「紅絲」は、「信濃」を更に飛躍せしむることによつて、「海燕」が受けた世評を完全に乗り踰え、世評を遠く引き離したものとなつた。

私などが、批評を堪へ忍びはするが、なほ批評を乗り踰え得ずして停滞してゐる間に、多佳子さんはその対決に勝たれたのである。

永年の同行者たる私は、そのことを心より祝福し、現代俳句に橋本多佳子といふ作家のあることを誇りとせずにはゐられない。多佳子さんはもう誰にも負けはしない。作家としての資質とこの不敗の信念は、いよいよ多佳子俳句を推し進めるであらう。それには、日日の倦まざる努力を要することも、多佳子さんは今までの経験で知り尽くされてゐる。

多佳子さんには、作家の成長するに必要な条件がことごとく備つてゐる。たゞ強ひて言ふならば、批評といふ敵は、実作者に、それを乗り踰えようとする勇気を起させるけれども、名声といふ敵は、リルケも云つたやうに、一人の成長する作家を寄つてたかつてぶちこはしてしまふものである。勝つて批評を怖れぬ者も名声はこれを怖れなければならない。

「紅絲」は、多佳子俳句を貫く一筋の何かもの悲しいものである。

昭和二十五年三月　伊勢白子にて

山口誓子

凍蝶抄

凍蝶に指ふるゝまでちかづきぬ

凍蝶も記憶の蝶も翅を欠き

凍蝶を容れて十指をさしあはす

凍蝶のきりきりのぼる虚空かな

箸とるときはたとひとりや雪ふり来る

鴉過ぎ怺へこらへし雪ふり来る

雪墜る音髪を洗ひて眼つむれば

雪はげし抱かれて息のつまりしこと

雪はげし夫の手のほか知らず死す

かじかみて脚抱き寝るか毛もの等も

鶏と猫雪ふる夕べ食べ足りて

猫歩む月光の雪かげの雪

みぞれ雪涙にかぎりありにけり

暮れてゆく樹々よこの雪は積らむ

ねむたさの稚子の手ぬくし雪こんこん

燃ゆる薪雪に置かれて焔立つ

牡丹雪さはりしものにとゞまりぬ

夫の兄料左衛門逝く、夫歿後何くれとなく
暖き手をのべられしを思ひ悲しさに堪へず

肩かけやどこまでも野にまぎれずに

肩かけの裡(うち)に息して人の死へ

刈田の火赤し人亡しと思ふとき

冬雲雀そのさへづりのみぢかさよ

拠るものゝ欲しけれど壁凍るなり

あふれいづる涙冬蝶ふためき飛び

掌(て)に裹(つつ)む光悦茶碗凩堪へ

蕗の薹寒ンのむらさき切りきざむ

寒念仏ひゞくやひゞきくるもの佳(よ)し

木樵ゐて冬山谺さけびどほし

冬の森若人にすぐ谺して

空林や流れのあればしづめ

沼

水鳥の沼が曇りて吾くもる

沼氷らむとするに波風たちどほし

頭勝ちなる鳰の身すぐにくつがへる

家近き沼に死にし男女を悼みて　三句

凍て死にし髪吾と同じ女の髪

金色の焚火一炷二人の死

置かれある情死の天の寒き晴れ

冬の日を鴉が行つて落して了ふ

風の中枯蘆の中出でたくなし

子を想ふとき詩を欲るときを枯木立つ

枝交へ枯れし柘榴と枯れし桜と

威し銃おどろきたるは吾のみか

威し銃おろかにも二発目をうつ

久々にて洋子、博来る。父亡き後も健かに成長せしを喜びて　二句

童女童子来てすぐ枯れし崖のぼる

童子寝る凩に母うばはれずに

ラヂオ大きく枯山のふもとに住む

裏山に狐が出て、我鶏舎など襲ふことあり

枯れはてゝ遊ぶ狐をかくすなき

枯れし木が一本立てり狐失せ

事ありて

手繰れど手繰れど海に頭(づ)向けて凧落ちゆく

せめて瞋(いか)りあらばやすけし冷ゆる蹄

寒星ひとつ燃えてほろびぬ海知るのみ

何をか待つ雪着きはじむ松の幹

炉火

風邪髪の櫛をきらへり人嫌ふ
風邪髪に冷き櫛をあてにけり
つひに来ず炉火より熱(あつ)き釘ひらふ
泣きしあとわが白息の豊かなる
心見せまじくものの云へば息白し
渦巻く炉火ともすれば意志さらはるゝ
許したししづかに静かに白息吐(は)く
いぶり炭悲しくてついい焰立つ

激しき心すでに去りたる炉火の前
死ぬ日いつか在りいま牡丹雪降る
雪窪に雪降る愛を子の上に
忘られし冬帽きのふもけふも黒し
鶏しめる男に雪が殺到す
鶏の臓剝してぬくし雪ふりをり
鶏の血の垂りて器に凍むたゞこれのみ
咳が出て咳が出て羽毛毟りゐる
毟りたる一羽の羽毛寒月下
寒月に焚火ひとひらづゝのぼる

爪

歌かるたよみつぎてゆく読み減らしゆく

敵のかるた一つの歌がわが眼牽(ひ)く

羽子の音(ね)つよし竹のさわげる風の中

安定なき爪にてのぼる意の旺ん

鳴らず鳴らさず箏の冷えゆくとゞまりなし

いまありし日を風花の中に探す

五(ご)位鷺(い)飛びて寒の茜をそれてをり

水車の音絶えてはならず霧濃き中

聖夜讃歌吾が息をもて吾瀆る
燭の火と炉火が燻る聖歌隊黙し
層見せて聖夜の菓子を切り頒つ

冬の旅

九州路

わが農園、国家に買上げとなる、九州へ赴くこと度々

冬霧ゆく船笛やわが在るところ
冬の航はじまる汽笛あふれしめ
海渡る黒き肩かけしかとする

大綿は手に捕りやすしとれば死す
真青な河渡り終へ又枯野
河豚を剝ぐ男や道にうづくまる
河豚の血のしばし流水にまじらざる
河豚の皿燈下に何も残らざる
ジヤズに歩の合ひゐて寒き水たまり
河豚の臓(わた)喰べたる犬が海を見る
林檎買ふ旅の足もと燈に照らされ
星空へ店より林檎あふれをり

（一九四七・二）

金沢へ

講演旅行に出られる西東三鬼、右城暮石氏に蹤き、私も金沢の細見綾子さん、旧友松村泰枝さんに逢ひたく旅に出る

冬の旅喫泉あふれゐるを飲む

雪マント被(かづ)けばすぐにうつむく姿勢

沢木欣一氏を訪ふ、細見綾子さん丹波にて逢へず一句

若さかくさず冬帽に雨の粒(つぶ)ふえゆく

まくなぎの位置さだまらず雪の上

雪激し一つの地窪埋めむため

松村泰枝さんの許にて

梳（くしけづ）りゐて雪嶺の照る曇る
馴るゝまで雪夜の枕うちかへし
雪の昼ねむし神より魔に愛され

芳江ちやんすでに小学生、別れる朝バス迄送つて呉れる

雪の日の登校クレヨン画大切に
（一九五〇・一）

鼓ヶ浦

冬駅の名を一つづゝ伊賀に読み
師の前にたかぶりゐるや冬の濤
ゆらゆらと月のぼるとき師と立てる

濤高き夜の練炭の七つの焔
うち伏して冬濤を聴く擁る、如
冬鷗百姓たゝせたゝせせ来る
寒月下海浪干潟あらはしつゝ

寧楽

春日神社節分宵宮　二句

万燈のどの一燈より消えむとする
離るれば万燈の燈(ひ)となりにけり
野の鹿も修(しゅ)二(に)会(ゑ)の鐘の圏(わ)の中に

修二会僧女人のわれの前通る

つまづきて修二会の闇を手につかむ

凍る火の焰を割きて僧頒つ

春日野あたり

野火燃やす男は佳けどやすからず

がうがうと七星倒る野火の上

野火あとに水湧く火中にても湧きし

唐招提寺

蛇いでゝすぐに女人に会ひにけり

蛇を見し眼もて彌勒を拝しけり

吾去ればみ仏の前蛇遊ぶ

唐招提寺道

ゆすがる片戸の隙も麦の金

手に拾ひ金色はしる麦一と穂

東大寺　法華堂　月光菩薩

初蝶に合掌のみてほぐるゝばかり

興福寺

北庭に下りて得たりし蝸牛

仏母たりとも女人は悲し灌仏会

鹿

二月尽林中に鹿も吾も膝折り

野火跡を鹿群れ移る人の如

野火あとに雄鹿水飲む身をうつし

仔鹿駆くること嬉しくて母離る

万緑やおどろきやすき仔鹿ゐて

乳(ち)飲む仔鹿四肢張り尾上げ露まみれ

*

袋(ふくろ)角(づの)指触れねども熱(あつ)きなり

袋角鬱々と枝(え)を岐ちをり
袋角神の憂鬱極りぬ
袋角見し瞳(め)瀆(よご)れてゐたりけり
袋角森ゆきゆきて傷つきぬ

＊

秋は

息あらき雄鹿が立つは切なけれ
背を地にすりて妻恋ふ鹿なりけり
雄鹿の前吾もあらあらしき息す
寝姿の夫(つま)恋ふ鹿か後肢抱き

女の鹿は驚きやすし吾のみかは

にはたづみ鹿跳び遁げてまた雲充つ

＊

一つづゝ落暉ふちどるみな冬鹿

雑

絵雛かけし壁をそのまゝくらがりに

恋猫のかへる野の星沼の星

よこざまに恋奪ひ尾の長き猫

百姓の不機嫌にして桃咲けり

桃畑恋過ぎし猫あまたゐて

花折つて少女椿より降りしばかり

啓蟄の土の汚れやすきを掃く

木瓜紅く田舎の午後のつゞくなる

伊地知清重態の報来る

嘆かじと土掘る蜂を見てゐたり

雉啼くや堪へゐし涙奔(はし)りいで

雉啼くや胸ふかきより息一筋

蘇枋の紅

上京して

夜の雨万朶の花に滲みとほる

足濡れてゐれば悲しき桜かな

過去は切れ切れ桜は房のまゝ落ちて

起りたる桜吹雪のとゞまらず

中村汀女さんに初めてお逢ひする

蘇(す)枋(はう)の紅(べに)昃る齢(よはひ)同じうす

いたどりの一節(よ)の紅に旅曇る

いそがざるものありや牡丹に雨かゝる

木蓮の一枝を折りぬあとは散るとも

旅の手の夏みかんむきなほ汚る

春空に鞠とゞまるは落つるとき

咽喉疼き旅寝や燕吻づくる

禱りちがふ三色もてすみれ一輪なす

花栗に寄りしばかりに香にまみる

敷かれたるハンカチ心素直に坐す

驟雨の中歩幅あはされゐたりけり

駿二、啓子代々木に新居構へる

夕焼に柵して住む煙突を出し

夫婦して耕土の色を変へてゆく

夜の皿よりとりし葡萄の房短か

石田波郷氏を東京郊外清瀬病院に見舞ふ。
手術直後にてその瞳に会ひしのみ　一句

どこまでも風蝶一路会ひにゆく

遠く鼓ヶ浦を想ふ　一句

雀の巣かの紅絲をまじへをらむ
しやぼん玉窓なき廈(いへ)の壁のぼる
コンクリートに童子のしやぼん玉はずむ
旅の椅子仔雀はいま地(つち)にゐて

清、一周忌近し　面影を忍びて　三句

死が近し翼を以て蝶降り来(く)

太虚より蝶落ちにおつ身をもだえ
手にとりて死蝶は軽くなりにけり
旅了らむ燈下に黒き金魚浮き
夜具の下畳つめたき四月尽
枕せば蚊ごゑ横引くひとの家

梅雨の藻

言葉のあと花椎の香の満ちてくる
花椎やもとより独りもの言はず
花椎の香に偽りを言はしめし

ガラス戸より薄暮の蝶を出してやる

夜の雨より飛び入りし蛾の濡れてもゐず

いとけなく植田となりてなびきをり

梅雨の藻よ恋しきものゝ如く寄る

厚板の帯の黴より過去けぶる

かぎりなく出てしやぼん玉落ちて来ず

母の手より穂絮(ほわた)の一つづゝとびゆく

海南風死に到るまで茶色の瞳(め)

うとましき人離るればかげろへり

毛絲編む手の疾(はや)くして寄りがたき

白桃に入れし刃先の種を割る

あぢさゐが藍となりゆく夜来る如

花苑にて指の先より蝶たゝす

麦　秋

蟇（ひき）いでゝ女あるじに見（まみ）えけり

更衣水にうつりていそぎつゝ

ひと聴きて吾きかざりしほとゝぎす

病める掌にのせて藤房余りたり

更衣雀の羽音あざやかに

虻は弧を描きをり想ひ伸びざりき

罌粟ひらく髪の先まで寂しきとき

ほとゝぎす新しき息継ぎにけり

あぢさゐやきのふの手紙はや古ぶ

麦秋や乳児(ちご)に嚙まれし乳の創

麦刈が立ちて遠山恋ひにけり

雀斑(かすも)をとめ野の麦熟れは極まりし

麦束をよべの処女(をとめ)のごとく抱く

菜殻火は妻寝し方(かた)ぞ沖の漁夫

青蛇の巻き解けてゆく尾の先まで

隠るゝ如茗荷の花を土に掘る

とゞまれば鋤牛の身の暮るゝなり

青梅の犇く記憶に夫立てり

吾よりも薄暮の蝶のためらはず

朝曇る地の起伏を蝶いそぐ

藤房の隙間だらけに入日時

藤房の堪ゆるかぎりの雨ふくむ

百合折らむにはあまりに夜の迫りをり

何うつさむとするや碧眼万緑に

黴の中一間青蚊帳ともりけり

濡れ髪を蚊帳くゞるとき低くする

杉田久女句集出版ときゝて嬉しさに堪へず一句

松高き限りを凌霄咲きのぼる

僧恋うて僧の憎しや額の花

虫たち

こがね虫朝は殺さず嘆きけり

翡翠（かはせみ）の飛ばねばものに執しをり

夫（つま）恋へば吾に死ねよと青葉木菟

くらがりに捨てし髪切虫が啼く

髪切虫押へ啼かしめ悲しくなる

うつむきてゐるは髪切虫と遊ぶ

わがそばに夜蟬を猫が啼かし啼かし

青みどろ蛇ゆきし跡さらになし

蟻地獄孤独地獄のつゞきけり

断崖へ来てひたのぼる蛍火は

蛍籠昏ければ揺り炎えたゝす

水鶏(くひな)笛吹けばくひなの想ひ切(せつ)

おはぐろ蝶雨すぐ止んですぐ降つて

蟻走りとゞまり走り蟻に会ふ

隠るゝもの青蛇の尾のなほ余る

人来るひとり蜈蚣を押へゐれば

さかしまにゐて蟷螂よこのまゝ暮るゝか

毛虫焼く焔が触るゝものを焼く

いなびかり毛ものゝ背に手触れゐて

愛されずして油虫ひかり翔つ

熱砂ばかりもし青蜥蜴(とかげ)失なはゞ

日盛りや脚老い立てる一羽鶴

篁(たかむら)に唖蟬迷ひ入りなほ迷ふ

甲虫しゆうしゆう啼くをもてあそぶ

拾ひたる空蟬指にすがりつく

炎天や雀降りくる貌昏（くら）く

けさよりいくたび秋蝶通る崖の傷

隠れ了ふせしと思ひゐるや瑠璃蜥蜴

一夜経て朝蛾行方を失へり

秋の蝶沼の上にて逢ふものなし

いなづまの野より帰りし猫を抱く

蚕蛾生（あ）れて白妙（しろたへ）いまだ雄（を）に触れず

微動しつゝ二つの蚕蛾のまだ触れず

野分の家蝶ゐて薄暮過ぎにけり

蟇をりて吾が溜息を聴かれたり

はたはた飛ぶ地を離るゝは愉しからむ

寒蟬の一つの声す死なざりしか

ゆきあひて眼も合さずよ野分蝶

蟷螂のおのが枯色飛びて知る

暮れて鳴く百舌鳥よ汝は何告げたき

友蜂の歎きもなくて蜂は死す

洗髪同じ日向に蜂死して

冬日の蜂身を舐めあかず羽づくらふ

童女抄

乳母車夏の怒濤によこむきに

雲の峰立ちてのぞける乳母車

夏氷童女の掌にてとけやまず

父逝きし洋子よ博よ

帰りゆく人のみ子等と蝸牛

後(うしろ)髪(がみ)涼しき子かな母へかへす

寝冷子の大きな瞳に見送られ

日焼童子洗ふやうらがへしうらがへし

啼きひゞく蟬を裸子より受けとる

裸子をいかに抱かむ泣きわめくを

女童泣き男童抱く虹の下

唐招提寺

夏雲の立ちたつ伽藍童女のうた

童女のうた伽藍片陰しそめけり

日を射よと草矢もつ子をそゝのかす

日を射つて草矢つぎつぎ失へり

博と同じほどの男の子ひとり野に立てば

林檎齧る童子冬日を落しつゝ

日の翼冬蝶遊びほゝけたり

冬の蝶童女の顔をのぞきては

童女より冬蝶のぼるかゞやきて

鞦韆を漕ぎはげむ木々枯れつくし

童女の眉馥郁として雪を吊る

註、炭のかけらに糸を結びつけて雪を吊る遊び

つまづきし如く忘れし手毬歌

息かくる一と羽一と羽と羽子蘇きる

突き了へて羽子を天より掌に享くる

童女走り春星のみな走りゐる

痲疹子の並びて髪の長きが姉

草　矢

農場にて

我等の結婚を記念して九州別府市外高城丘陵を開墾して二十年、果樹漸く茂りし頃、夫の死にあひ女手に煩はしきこと多く漸次衰退に向ふとき戦争となり、終戦後農地改革の為め全農場買上げの運命に会ふ。東に別府湾燦き、西に鶴見、由布嶽など美しき山々重なり思出多き地なりし。

燦々とをとめ樹上に枇杷すゝる

枝にあるをとめの脚や枇杷をもぐ

枇杷を吸ふをとめまぶしき顔をする

牛飼のわが友五月来りけり

草矢射る山の子草矢射らすは吾

虹新し田にてをとめの濡れとほる

八方へゆきたし青田の中に立つ

炎天に松の香はげし斧うつたび

炎天の梯子昏きにかつぎ入る

薔薇色の雲の峰より郵便夫

暑の中に吾をうつさず鏡立つ

祭太鼓うちてやめずもやまずあれ

踊りゆくどこまでも同じ輪の上を

一ところくらきをくゞる踊の輪

爪立てども切れたる虹のつながれず

祭笛

戦後はじめて京都祇園祭を観る

ゆくもまたかへるも祇園囃子（ぎをんばやし）の中

われもまたゆきてまぎれん祇園囃子の中

髪白く笛息ふかき祭（まつり）びと

鉾（ほこ）囃子高くくらきに笛吹く群れ

祭笛吹くとき男佳（よ）かりける

祭笛うしろ姿のひた吹ける

生き堪へて身に沁むばかり藍浴衣

堪ゆることばかり朝顔日々に紺

泣きたけれど朝顔の紺破ぶるべし

あさがほが紺折りたゝむひらく前

＊

榎本冬一郎氏に誘はれて、その故郷紀州田辺に流燈を見る　三句

一束の地の迎火に照らさるゝ

流燈を灯して抱くかりそめに

近村の人々精霊に捧げし燈籠を集め波打際に焚く、焔炎々と幾ケ所にもあがり、夜更くるまで続く

焰の中蓮燈籠の燃ゆるなり

連れ立ちて百姓低し天の川

七夕や同じ姿に農夫老い

潮汲のゆきて夏濤に小さくなる

夏潮の二つの桶を肩にかけ

北を見る

いなびかり遅れて沼の光りけり

いなびかり北よりすれば北を見る

地の窪すぐにあふるゝいなびかり

わが行方いなづましては闢きけり

いなづまの触れざりしかば覚めまじを

双の掌をこぼれて了ふいなびかり

いなづまのあとにて衿をかきあはす

いなびかりひとの言葉の切れ切れて

いなづまの息つく間なし妬心もつ

燈の消えて野にあるごときいなびかり

月明

一燈なく唐招提寺月明に

野の猫が月の伽藍をぬけとほる

百姓や月の白壁惜しみなく

薬師寺

月天へ塔は裳(も)階(こし)をかさねゆく

月光に朱(あけ)うばはれず柱立つ

月光のいまも黒髪老いつゝあらむ

忌　月

忌日眼に見ゆるちかさに青野分

忌日ある九月に入りぬ蝶燕

麻衾暁の手足を裹み余さず

くらがりに傷つき匂ふくわりんの実

蟬声や吾を睡らし吾を急[せ]き

日の中にゐて露冷えに迫らるゝ

曼珠沙華咲けば悲願の如く折る

曼珠沙華からむ蘂より指をぬく

昏くして雨ふりかゝる曼珠沙華

瀬を流るゝとき曼珠沙華のもつれとけず

唐招提寺金堂に首なき美しい仏像あり

仏足に一本の曼珠沙華を横たふ

秋燕となりて一日(いちにち)天にばかり

秋の蝶吾過ぐるとき翅ゆるめよ

霧中にみな隠れゆく燈(ひ)も隠る

いなづまに誘はれ飛びて蝶はづかし

頭(づ)あぐればかなしさ集ふ野分あと

白露やわが在りし椅子あたゝかに

荒百舌鳥(もず)や涙たまれば泣きにけり

百舌鳥の下みな雨ぬれし墓ばかり

墓と共に花野に隠れゐたかりしに

傘いつも前風ふせぎ雨の百舌鳥

秋風や鶺鴒二つ飛びたる白
断崖や激しき百舌鳥に支へられ
叫びても翅濡る雨の百舌鳥なれば
老いよとや赤き林檎を掌に享くる

露

鶏頭起きる野分の地より艶然と
伏目に読む睫毛幼し露育つ
露の中つむじ二つを子が戴く
人の背をふと恃(たの)みたる穂草の野

白露や鋼(はがね)の如き香をもてり

露けき中竈火胸にもえつゞけ

虫鳴く中露置く中夫(つま)死なせし

露霜や死まで黒髪大切に

露万(ばん)朶(だ)幼きピアノの音が飛ぶ飛ぶ

椎の実の見えざれど竿うてば落つ

淡路島

一夜の島月下の石(つ)蕗(は)の花聚(あつ)まる

海より雨激しくよせる石蕗の花

海彦の答へず霧笛かけめぐる

舟虫の背に負ふ瑠璃の砲塁亡し
高まりつゝ野分濤来るはや砕けよ
野分濤群れ来る歓喜生き継ぐべき

秋蛾

沼の上に来て二星(ふたぼし)の逢ひにけり
七夕流す沼水流れざるものを
髪組るぶんぶん二星逢ひにけり
いそぐほど銀河の流れさからひて
秋風にあさがほひらく紺張りて

髪を梳きうつむくときのちゝろ虫
ぬれ髪にちゝろは何を告げゐるや
吾に近き波はいそげり秋の川

淳子、三野明彦と結婚

母と子の間白露の幾千万
秋風に箏をよこたふ戦経て
三日月に死の家ありて水を打つ
沼水に捨てし秋蛾のそれぞれ浮く
霧月夜美しくして一夜ぎり
穂草野に雀斑を濃く従へり

つくるよりはや愛憎や木の実独楽
木の実独楽ひとつおろかに背が高き
ひと死して小説了る炉の胡桃
握りもつ山栗ひとつ訣れ来し
山の子が独楽をつくるよ冬が来る
指に纏(ま)きいづれも黒き木葉髪
此処去らじ木の実落ちてはころがる
掌(て)の木の実ひとに孤独をのぞかるゝ

由布高原

一月六日関西旅行の横山白虹氏、自鳴鐘の岡部丘夫、中尾蘆山氏に誘はれて久々にて九州へ旅する

河豚煮るゆげ誘はれて海渡りたる

昨日（きぞ）海に勁かりし星枯野に坐る

萁火にも由布の枯野の燃えやすき

野火立ちて由布野の小松つひに燃ゆ

野に寝れば髪枯草にまつはりぬ

狐の皮干されて枯るゝ野より悲し

折尾へ

赭崖の氷雨の八幡市すぐ暮るゝ

凍る嶺の一つ嶺火噴きはゞからず

（一九五一・一）

「紅絲」跋

近きに在らずして集後に叙するはふさはしからず、まして憎まれ者は累が著者に及びはせぬかと危ぶまれ、集を大切に思へば思ふ程、嘱に応ずる筆も渋るのであるが、——顧れば杉田久女に息を吹き込まれ山口誓子に就てこのかた、橋本さんの句歴も既に幾山河であるから、或は「所に繋累なきよそびとは、反つて力を借し易き」一時機なのかもしれない。——橋本さんが幸運の星のもとに処女句集「海燕」を翔らせた時は、身辺の現実は反つて崩壊し、御主人の喪が既に明けようとしてゐた。それから、戦争五年、お嬢さんたちの開花をいのちとして、どうしたら荒まずに淑やかに身を持することができるかと、内憂外患の間、二河白道を、橋本さんは急いで来た。第二句集「信濃」は、その羽をかいつくろひ、とまり木の細枝をつかんで落ちまいとする、仮睡の母の、身を知る初時雨である。一言にして之を蓋へば、「海燕」は照らした面であり、「信濃」は曇らした位相である。さらば、戦後の読者の期待が此の相反する両面の綜合如何にかかつて来たのも亦自然であらう。それかあらぬか、橋本さんは戦後「天狼」が擁する夥しい伴星の中に立つて、実に敏速に果敢に自身の課題を追ひつめて行つた。今や、その成果燦然、選んで集となすに足るは此の一巻が現に証する所、評者の蛇足を要しない。強ひて管見を書き添へれば、就中、父を喪つたお孫さんを守る祖母多佳子の童女の句、母たらんか俳人たらんかの往反に於ける孤独の句、又さういふ遠心力と求心力との挟み撃ちに遭つて狂気の瞬刻に相対した鹿や狐や、その他の動物の句、或は又、しびれるばかりの黒髪と稲妻の句など、殊に得難き逸品に富んでゐる。

今、石川桂郎氏の並み〳〵ならぬ尽力に依つて、祖母にして少女、凍蝶にして曼珠沙華なる「紅絲」が上梓されるといふ。これほど嬉しいことはない。嘱とあれば敢て跋文もとどめよう、変らぬ著者の温容に謝せんが為に。——しかし、己れのみ燈の家に入つて稲妻の野に著者をとどめた私が、跋を書く資格は本当は無いのである。読者願くは此の跋を去つて、一条の細道を尽くさんとする著者の清範を鑑られむことを。

昭和二十六年三月

神田秀夫識

後記

「紅絲」は俳誌「天狼」創刊の昭和二十三年一月に始り、約三年間の作品を収めました。思へば「天狼」の創刊は私にいろいろの幸福をもたらしました。山口誓子先生の主宰される「天狼」に参加する非常な喜びと緊張、得難い諸先輩同人に親しく触れることが出来たのは何としても「紅絲」の世界に大きな力を与へられたと思ひます。尚この他にも常に鞭うつて下さる幾多の友を持つ喜びを「紅絲」を編み乍らつくづく感じました。

この「紅絲」の三年間は私にとつて実に多難な年でしたが、ことに二人の娘の夫に逝かれたことが一番私を悲しませ弱らせました。幸ひその悲しみの穴も日々に埋められてゆきます。「紅絲」の次の世界は明るい平淡なものが待つてゐるやうに思はれます。一応今日までの作品を纏め新しい出発を期したいと思ひます。

尚「紅絲」は年代に分けず一つの題名のもとに一群の作品を集めてみました。旅の作品にも年月を記しませんでしたが、「冬の旅」の中の「九州路」は昭和二十二年、「金沢」は同二十四年、「蘇枋の紅」は同二十四年と五年の春上京しての作品で、「由布高原」は今年一月久々に九州へ旅をして作りました。

「紅絲」に対し山口誓子先生の序文、神田秀夫氏の跋文を戴きました。いづれも身に余る御厚情、謹んで御礼申上げる次第でございます。
「紅絲」は初め秋元不死男氏の御すゝめにより編む機を与へられ、この度目黒書店の木村徳三氏、石川桂郎氏の御配慮により漸く出版のはこびとなりました。厚く御礼申上げます。

昭和二十六年三月

奈良菅原の里にて

橋本多佳子

海彦（うみひこ）

自・昭和二十六年春
至・昭和三十一年春

「海彦」序

一緒に旅をした土佐から帰つて来て、多佳子さんに「句はもうお纏りになりましたか」と聞かれたとき、私は「まだ小豆島で停滞してゐます」と答へた。これは私の句作方法である。私の場合は、出発から始まつて、行く先々で、身構へ、眼を配り、それが帰着までつゞく。

ところが、行を共にして知つたのであるが、多佳子さんの句作方法はそれとは全く異る。多佳子さんには好みの場処といふものが必要なのだ。それが見つからないと困るが、見つかれば、そこに居据つて、迸る感情を凝集せしめ、必中せしめるのである。

土佐へ行つたとき、途上の事物は多佳子さんを句作に駆りたてはしなかつた。わづかに、大歩危・小歩危の、青が硫酸銅のやうに鮮かな谿流を見下して「こゝに一日ゐて作りたいですね」と云つただけだ。

室戸の灯台を見て降りて来て、岬の岩間をみんなで歩いたが、そこは岩場で、海の中にも岩があり、それに翅を拡げてゐる鵜が見えた。

多佳子さんはその岩間に膠着して、離れようとはしなかつた。そこが好みの場処だつたのである。

私は、砂浜の傾斜の、すこし高みからその句作方法を見下した。多佳子さんは、一処に眼を据ゑ、それに向つて感情の火花を散らしてゐるのが手に執るやうに見えた。

高知へ帰る時刻が迫つて、他の人々が自動車の方へ行つてしまつてからも、多佳子さんはそこを動かうともしなかつた。帰りを促されて多佳子さんは渋々その場処を離れたが、その顔には不満の色が漂つてゐた。

多佳子さんの句作方法は、さういふ按配で、一処一情とも云ふべきものである。一処一情といふやうな作家の機微に属することは知らなかつたけれど、多佳子さんのその一情が迸る感情であることは私も知つてゐる。私は、このはげしい感情が物を見据ゑることによつて迸り出るのを年久しく見守つて来た。そしてその感情の現れ方にあやまりのない限り、私は別に忠告めいたことを云はなかつた。

作家といふものは、自分の為し得ることしか為し得ない。これは作家の授かつた持前であつて、他人の持前は決して自分の持前にはならぬのである。その代り自分の持前は完全に生かしきらなければならない。私は多佳子さんが自分の持前を完全に生かすことに協力しただけである。

作家の持前のことを考へれば、かりそめにも「汝の進むべき方向はかくあるべし」などと云へるものではない。しかし世にはお節介な批評家がゐて、「汝の持前を地上に卸し、別の持前を提げて歩け」と云つたりする。

批評が一種の教育であるなら、かゝる批評は、引き出すといふ教育の本質を忘れてゐる。

聡明な多佳子さんも、かゝる批評に惑はされて、一時歩みの乱れたことがある。この句集の或る時期に於て。しかし多佳子さんは自分の持前のことに想ひ到つて、その乱れを正すことを得た。私は、この句集に多佳子さんが自らを正したあとを見て、誰よりも喜ぶ者である。

私は二十数年来、多佳子さんと同行して、その句を見守つて来た。私は、多佳子さんがこれからも自分の道を一筋に歩きつゞけることを望む。そしてその道の方向づけを私に求められるなら、私はいままでのやうに、一作一作について、そこに現れてゐる方向を正すより他はないと思つてゐる。

作家は自分の為し得ることしか為し得ないから。

これは序文といふべきものではないが、序文の代りに使つて貰へたら倖せである。

昭和三十一年六月　　苦楽園にて　　山口誓子

夏

歎きゐて虹濃き刻（とき）を逸したり

青蘆原

博多天狼大会の為め自鳴鐘に招かれて、西東三鬼氏と西下す。恰もどんたく祭に当る

旅の歩みどんたくしやぎりに切替へる

どんたくの仮面はづせし人の老い

どんたく囃子玄海に燈を探せどなし

杉田久女に、菱採ると遠賀の娘子裳濡ずも、の句あり、久女を想ひつゝ遠賀川を渡る　二句

咳しつゝ遠賀の蘆原旅ゆけり

青蘆原をんなの一生透きとほる

水底の明るさ目高みごもれり

吾に気づきてより翡翠の気鋒損じ

草深く落つ蛍火の重さもて

滝道や小幅の水がいそぎゆく

蛍火が過ぐとき掌中の蛍もゆ

葭雀松をつかみて啼きつゞくる

髪乾かず遠くに蛇の衣懸る

日盛りの墓かげ濃しや吾を容れ

草静か刃をすゝめゐる草刈女

人への愛憎午前の蟬午後の蟬

時計直り来たれり家を露とりまく

（二十六年）

片　蔭

松蟬の中に帰り来こゝよしと

青蜥蜴吾ゆかねば墓乾きをらむ

帯ゆるく片蔭をゆくもの同士

洗ひ浴衣ひとりの膝を折りまげて

髪につく蟻緑蔭も憩はれず

青蚊帳の粗さつめたさ我家なる

真夜起きゐし吾を油虫が愕く

青蟷螂燈に来て隙間だらけの身

倒るるも傾くも向日葵ばかりの群

一粒を食べて欠きたる葡萄の房

額碧し聞きたる道をすぐ忘れ

近くに住みながら右城暮石さんにいつも会へず

七月の蛍ひと訪ふまたこの季

巣があれば素直に蜂を通はせる
仔鹿追ひきていつか野の湿地ふむ
踊りゆく踊りの指のさす方(かた)へ
（二十七年）

老いまでの日の
衣更老いまでの日の永きかな

上京して
衣更前もうしろも風に満ち

駅燈に照らされて巣の燕寝し

武蔵野の三谷昭氏新居を訪ひて

旅のひざ仔猫三つの重さぬくさ

単衣着て足に夕日のさしゐたり

蓮散華美しきものまた壊る

飛燕の下母牛に乳溜りつゝ

嫗の身風に単衣のふくらみがち

夏書の筆

炎天や笑ひしこゑのすぐになし

踊り唄終りを始めにくりかへし

夏書の筆措けば乾きて背くなり

ひしひしと声なき青田行手に満ち

舷燈の一穂(すゐ)に火蛾海渡る

万緑や石橋に馬乗り鎮むる

誓子先生と名張の藤堂氏を訪ふ　三句

トンネルに眼つむる伊賀は万緑にて

明けて覚めをりひとの家の蚊帳に透き

蛍火の一翔つよく月よぎる

吉野青し

急流を泳ぎ切り若き全身見す
青き吉野泳ぐ百姓淵に透き
尻あげて泳ぎ吉野の川に育つ
吉野青し泳ぐとぬぎし草刈女
泉の底明し顔浸っけ眼ひらけば
待つ長し電線つかみ仔燕等

（二十八年）

青あらし

苦楽園誓子居に於て天狼同人会一句

老い髪の仲間隅まで青あらし

斑猫が紅青をもて惑はせり

馴れざる水に金魚の尾鰭ひらく

踊り唄遠しそこよりあゆみ来て

百足虫の頭くだきし鋏まだ手にす

淡路島

七曜同人朝倉十艸氏宅に滞在

みどりの島へ舷梯懸るわたりけり

あぢさゐのくれなゐ潮路来りけり

地にのこる鮮血鱝(えひ)を競(せ)りしあと

月光来る靴がばがばと搾乳夫

月光(て)る桶びしびし奔る牛乳享け

月光濃き搾乳の桶股ばさみ

天女丸

思ひ切り西日の舵輪まきかへす

長崎行

伊丹より板付へ津田清子さんと同伴して

夏雲航(ゆ)く地上のことを語りつゞけ

巣燕を見しこと遠し天(あま)翔けつゝ

灼くる翼その上に重き無限の碧

夏の雲天航く玻璃に露凝らす

夏の雲翼とゞまるゆるされず

夏天航く四ツ葉プロペラ健かなり

灼くる翼ゆれつゝ平たもちつゝ

双翼が地上の梅雨の暗さに入る

天降りて青野に車輪ぐゝと触る

横山白虹氏と共に久女終焉の地を弔ふ、筑紫観音寺保養院にて

青櫨が蔽(おほ)ひ久女の窓昏む

鑰(かぎ)はづし入る万緑の一つの扉(と)

万緑やわが額(ぬか)にある鉄格子

保養院を出づれば菜殻火盛んなり

一切忘却眼前に菜殻火燃ゆ

菜殻火の燃ゆる見て立つ久女いたむ

菜殻火の火蛾をいたみ久女いたむ

つぎつぎに菜殻火燃ゆる久女のため

菜殻火や入日の中に焔もゆ

久女の終焉をみとりし末継はつみ女

万緑下浄き歯並を見せて閉づ

長崎崇福寺　三句

仏花としてアマリヽスの花八方向く

僧苑や咲く罌粟散る罌粟罌粟に充ち

河間氏累代の墓あり

一族の墓乾く泉遠く遠く

甃坂にすくむ頭（づ）勝ちの捨仔猫

龍舌蘭どこにでも腰おろして旅

活水女学校

万緑や霧笛どの窓からも入る

大浦天主堂裏に泊りて

鎧（よろひ）扉（ど）ひらく青きあぢさゐ青き枇杷

暁の彌撒へ

アマリヽス跣足（はだし）の童女のはだしの音

糊かたき彌撒（ミサ）のベールに農の日焼

西日の玻璃（はり）神父に赤光孤児に紫光

汗の雀斑（かすも）少年聖歌隊解かれ

すでに日焼少年聖歌隊匂へり

日焼子の涎が念珠（ねんじゆ）の一つ一つに

たゞ黒き十字架朝焼雀らよ

浦上天主堂

原爆の跡に仮御堂建つのみ

同じ黒髪梅雨じめる神父と子等

梅雨の床子等へ聖書を口うつしに

石塊として梅雨ぬるる天使と獣

梅雨の廃壇石塊の黙天使の黙
梅雨に広肩石のヨハネの顔欠けて

阿蘇

長崎の帰途登る、十数年振なり
寄りゆけば寄り来夏野の牛と吾
牛達の夜床野の草まだ短かく
肉桂の香がする夏野の仔牛ねむし
放馬と寝たし夏野はるかに発破音
噴く火見えず青き低山牛遊びて

砂千里をゆく

熔岩を積む道標熔岩の野の夕焼け

ひとり遅れつゝ

熔岩に汗しおのれの歩みあゆみつゞくる

夕焼くる嶺が聚る火の山へ

夕焼鴉熔岩野の寂に降りられず

母燕

母燕細し炎天へ翔けいづるとき

汗の荷を胸に背に分け歩き出す

柘榴の粒幾百食はゞ寂しさ消ゆ

手をおけば胸あたゝかし露微塵

をどりの衆眉目(まゆめ)わかたず影揃ふ

男をんな夜の砂擦つてをどりの足

夜の崖に水打つ胸をぬらす如

麻衾暁(あけ)ごうごうの雨被る

老いも緑

老いも緑(みどり)袋のものを出して喰べ

道よぎる蜥蜴や和するに難き行

毛虫焼く焔このとき孤独でなし

考ふる瞼の裡も緑さし

赤毛大瞳誰に似しかもよ麦負ふ子

麦刈の薬罐が日のぬくさまでさめ

麦を負ふ母金色の夕の餓ゑ

（二十九年）

鵜川

岐阜「流域」の人々と

鵜の餓ゑどき西日徹して荒鵜籠

家に西日鵜匠もろとも田楽刺(でんがくざし)

鵜川暮れず何に生(あ)れつぐ白水泡(しろみなわ)

老い鵜「彦丸」内輪歩きに暮れざる川

篝火に眼窪頬窪鵜の匠(たくみ)

のどふくらむ鵜にて引かるる縄つよし

疲れ甘ゆ鵜の鳥鵜じまひはかどらず

かをかをと疲れ鵜鵜(う)綱(づな)ひきずつて

べたべたと篝おところへ鵜のつかれ

つかれ鵜のこゑごゑ鵜匠きゝわけて

鵜じまひや鵜匠折れ身に鵜を抱きて

発掘

炎天の平城宮址に立ちて

人声よりきちきち勁し宮址掘る

炎天の礎石に老眼鏡（らうがんきやう）発掘者

風化刻々宮址の溝にぎす鳴きて

野の鶲灼くる宮址の赤土（はに）に来ず

宮址発掘す傍観の日傘の影

埴輪出土炎天に歓喜のこゑ短く

埴輪出づ舐むるばかりに土愛（かな）し

宮址の寂蟆蚸押へし指を嚙む

昏れて秋風宮址の窪より起る

北の蒼

郭公や明さとなるか北の蒼

遁走によき距離蛇も吾も遁ぐ

炎天の鵜や遠かける羽づかひ

いたどりの酸さを渋さを弟(おと)に教せ

炎天下鉦が冴え音のチンドン屋

わが夜床火虫に新参の青蛾加ふ

赤目渓

木菟(づく)明眸をりをり月に瞼伏せ
月光を羽毛にふくめ木菟ねむし
月の嶺(みね)音なき滝を天(あま)垂らし
長路来て泉さそへば足浸(つ)ける
泉に足行く手の長路(ながぢ)頭(づ)に白らけ
泉に入れ胸(むね)腹(はら)熱き碧蜥蜴
手をついて深淵の静(せい)滝わすれ
朴落葉ひき入れつよき底流れ

月の瀬々また滝なして渓展ひらく

青馬追

巣が近くをりをり硯舐めに蜂
青馬追こゑとならざる切せつ々せつ音
白露や目覚めてブンと虻がくる
いなづまをふみふむ帰路の折曲る
燈が消えて暁あけの蛾行方失へり
（三十年）

秋

青野分

没せむとしては顔あぐ青野分

いなづまの薔薇色徹(とほ)る雲の峰

寒蟬啼くひとつびとつが語尾を曳き

師の前に野分来し髪そのまゝなる

刈田にて白鷺あらそふ姿と影

（二十六年）

菊作者（きくつくり）

黄菊白菊作者いま白に触れ

黄菊にむかふ一切の彩（いろ）しりぞけ

紅玉の霧の日落つる祖母の唄

燈に山蛾寄せゐる電柱帰り着きぬ

瀬をくゞりふたゝび曼珠沙華が浮く

忌日に　二句

吾なしに夫（つま）ゐる曼珠沙華を流す

毛糸編むや夫のこゑ幼かりし予のこゑ

猛かりし鵰よ隻翼拡げて見る

鱗雲ことごとく紅どこから暮る

櫨(はぜ)採(とり)唄(うた)なぜ櫨採りの子となりしと

噴井の水遁げをり葡萄作りの留守

乳(ち)足り子を地におき葡萄採りいそぐ

葡萄畑男が走り日の斑(ふ)ゆれ

葡萄樹下処女(をとめ)身に充つ酸さ甘さ

葡萄の房切るたび鋏の鉄にほふ

鶏頭もゆ疲れしときを臥し隠れ

穴まどゐ身の紅鱗をなげきけり

霧に鳩

「青燕」の人々に招かれて戦後初めて信州へ旅立つ。津田清子さん同伴

汽車を乗り継ぐ月光の地に降りて
霧に鳩歩む信濃に着きしなり
霧寒きとき信濃川わたりゐたり
畑の樹の林檎幾百顆にて曇る
林檎にかけし梯子が空へぬける
林檎の樹のぼりやすくて処女のぼる

青胡桃ひろへり墓地の土つきしを
秋野の汽笛波立つ千曲渡り来て
「婕恋」の宇に住み秋草のみじかさ
夕焼熔岩何処にてをとめのこゑ消ゆる
秋風や地底よりなる熔岩の隙
こほろぎやもとより深き熔岩の隙
こほろぎが生きをるこゑをよびかはす
胸先にくろき富士立つ秋の暮
天暮るる綿虫が地に着くまでに
(二十七年)

誓子先生、大和郡山に柳沢保承氏を訪ねらる。
御案内しての帰途

椎どんぐり海龍王寺ぬけとほる

（二十九年）

焼津漁港

秋刀魚競(せ)る渦に女声の切れつぱし

秋刀魚競場旅の肩身の吹きさらし

秋刀魚市場風蝶の羽のむだづかひ

秋刀魚競る忘れホースの水走り

鮪またぎ老いのがにまた競りおとす

鮪競る興奮をもて老いのたゝら

故国野分大漁旗のひらきつぱなし

野分濤繋(か)れる中の遠洋漁船

野分浪さなくとも旅衣しめりやすし

、南河内

おのが蜜柑山にて長(なが)脛(すね)行く自在

蜜柑の枝折りひゞかせるおのが山

大足に傾斜踏まへて蜜柑採る

立木(たちき)より立ちてむさぼる蜜柑の肉

長脛をがくがく蜜柑負ひ下る

蜜柑担く重さに押され山下る

蜜柑負ふ背が眼の高さわが前に

樹齢五十蜜柑千顆を黄に照らし

蜜柑照る丘葛城の眠りを前

（三十年）

冬

雪乾く

縄とびをするところだけ雪乾く
日照るとき霜の善意のかゞやけり
大きな冬がジヤケツ毛ばだつ童女の前

（三十六年）

枯山中

笹枯る明るさ山中猫さまよひ
冬夜の霧馴れし道ゆく馴れし水音

冬日の髪茶色母われが伝へし

冬の石乗れば動きぬ乗りて遊ぶ

めざむよりおのが白息纏ひつゝ

対丈（つゐたけ）の着馴れし冬着に手足出し

はしばしより凍て髪を解きほぐしゆく

四方枯野たるを燈ともして忘る

天の青さ広さ凍蝶おのれ忘れ

月明し凍蝶翅を立て直す

厚き氷の下にて泥の尾鰭もつ

心臓に突然変調覚ゆ　五句

絶対安静雪片の軽々しさ
絶対安静降りくる雪に息あはず
生（いき）るはよし静かなる雪いそぐ雪
枕上み枯れし崖立つ枯れはてし
雪まぶしひとと記憶のかさならず
暮れてゆくひとつの独楽を打ちにうつ
きしきしと帯を纏（ま）きをり枯るる中
かじかむや頭（づ）の血（けち）脈（みやく）の音とくとく
オリオンの盾新しき年に入る
撃ちもたらす鴛（お）鴦（し）どこよりか泥こぼす

鼓ヶ浦誓子居に「俳句」座談会ありて三鬼・静塔氏等と集る　一句

踵深き静塔のあと千鳥の跡

雪嶺が遠き雪嶺よびつゞけ

鴨隠るときあり波に抗はず

（二十七年）

炉火いつも

霜柱顔ふるるまで見て佳しや

田に燈なし冬のオリオン待ちてゆく

炉火いつも燃えをり疲れゐるときも

みつみつと雪積る音わが傘に

十指の癖一と冬過ぎし手袋ぬぐ

牧夫

――福山牧場にて

群羊帰る寒き大地を蔽ひかくし

冬野かへる群羊に牧夫ぬきん出て

群羊に押されれ背見せて寒き牧夫

冬草喰ひ緬羊姙りにも従順

寒き落暉群(むれ)を離るる緬羊なく

ポケットに「新潮」寒き緬羊追ひ

寒き緬羊耳たぶのみ血色して

霜月夜

使ひ子走る昃（ひかげ）ればすぐ風花して

風邪の眼に解きたる帯がわだかまる

除夜浴身しやぼんの泡を流しやまず

ひざ前（さき）に炉火立つ一切暮るる中

霜月夜細く細くせし戸の隙間

ルオー展

寒き肉体道化師は大き掌平たき足

寒き道化瞼伏せればキリストめき

いま降りし寒き螺旋階の裏が見え

春日おん祭後宴の能　二句

月下に舞ふ照りてくもりて姥面

月に立つ桜間龍馬すでに素おもて

山路暮るる子が失ひし独楽ころがり

（二十八年）

凍湖

諏訪湖の凍るを見に再びの来信を約せし伊東槇雄氏僅か十数日のちがひにて急逝さる。訪ひて霊前に額づく

漁夫の櫂わが眼の寒湖かきたつる
まどゐの燈ときに暗しや湖(うみ)凍つるか
凍湖青し指に纏(ま)きもつ木の葉髪
沖の鴨群それへいそげる鴨の翅
赤彦の氷(ひ)魚(を)かも真鯉生きて凍(い)て
月一輪凍湖一輪光りあふ

八ヶ嶽山麓夜久野に「寒天」造りを見る。雪野日に眩し

雪原の昼(ひる)月(づき)乾し寒天軽き

寒天煮るとろとろ細火鼠の眼

家鼠を見て野鼠が走るや雪明り

子を呼ぶや寒天の反射雪の反射

雪の上餌あるや雀胸ふくらみ

白き山白き野寒天造りの子

諏訪地酒「舞姫」いま寒醸りにいそがし

雪の酒庫男の手力扉(と)を開くる

酒湧くこゑ槽に梯子をかけ覗く

糀室出し髪すぐに雪がつく

松本に那須風雪居を訪ふ

赤子泣き覚めぬひとの家雪明し

穂高白し修理の小城被覆して

寒念仏追ひくる如く遁げゆく如く

穂高の熊飼れて

熊が口ひらく旅の手に何もなき

小諸へ

雪原に踏切ありて踏み越ゆる

落葉松を仰げば粉雪かぎりなし

雪原や千曲が背波尖らして
雪原のわれ等や鷹の眼下にて
火の山へつゞく雪野に足埋め立つ
雪野のかぎり行きたし呼びかへされずに
土間は佳し凍雪道の長かりしよ

天然氷採取場吟行

氷上を犬駆ける採氷夫が飼へり
採氷夫焚火に立ちて雫する

なほ信州にあり、上田にて

遠灯つく千曲の枯れを見て立てば

藁塚も屋根も伊吹の側(がは)に雪

枯崖

師誓子及び三鬼・暮石両氏に訪はれて会はず一句

留守を来てわが枯崖を如何に見し

飛火野荘（志賀直哉旧居）天狼同人会

直哉きゝし冬夜の筧この高さに

寒き壁と遊ぶボールをうち反し

相うつは凍(い)つるや解くるや氷と波

綿虫飛ぶ天光の寵暮るるとも

風邪の髪解けざるところ解かず巻く
風邪の身に漢薬麝香しみにけり
黄八丈の冷たさおのがからだ冷ゆ
風花や葱が主(おも)な荷主婦かへる
（二十九年）

東大寺三月堂

同じ寒さ乞食の身より銭鳴り落つ
仏寒しわめける天邪鬼に寄る
天邪鬼木枯しゆうしゆう哭く音(ね)立て

凍てゆくなべ壊れやまざる吉祥天女
虎落笛吉祥天女離れざる

狐

狐飼はれてたゞに餌を欲る愛しさは
地を掘り掘る狐隠せしもの失ひ
狐舎を守る髪に狐臭が浸みとほり
われに向く狐が細し入日光
狐臭燦狐にはまる鉄格子
詩をしるす鉛筆狐きゝもらさず

唐招提寺

白羽子に息かけ童女斜視(すがめ)になる

独楽舐るいま地に鞭うちゐしを

独楽舐る鉄(かな)輪(わ)の匂ひわれも知る

溝乾く伽藍凩絶間あり

寒　夜

何あるといふや万(まん)燈(とう)のつゞきをり

——春日神社節分

行く方の未知万燈の火が混みあふ
万燈の一つが消えて闇あそぶ
万燈の万のまたゝき五十路よき
恍惚と万燈照りあひ瞬きあひ
一燈に執し万燈の万忘る
呼ばれしにあらず万燈の火のまどはし
万燈の闇にぬめぬめけものの膚

稔、渡米

冬芒幡なす加勢子を発たす

叔母渋谷多美子八十二の高齢にて逝く

遺身の香女帯の長さ冬日に巻く

室戸崎

大病後初めて旅に出らるる誓子先生に従ひて

冬の巌この身を寄せしあともなし

巌の默石蕗の一花を欠きて去る

断崖の穂絮きらきら宙にあり

椿咲く冬や耳朶透く嫗の血

枕かへし冬濤の音ひきよせる

冬濤の壁にぶつかる陸（くが）の涯

遍路の歩岬(さき)の長路をたぐりよせ

崎に立ちおのれはためき冬遍路

崎に立つ遍路や何の海彦待つ

遍路歩むきぞの長路をけふに継ぎ

遍路笠裏(うら)に冬日の砂の照り

遍路笠かぶりし目路にまた風花

冬の泉冥し遍路の身をさかしま

遍路笠かぶれば冬濤ばかり充つ

女(め)遍路や日没る方位をいぶかしみ

女遍路や背負へるものに身をひかれ

孤(ひと)りは常(つね)会へば二人の遍路にて
眼前に浮く鴨旅に何責むや
龍舌蘭遍路の影の折れ折れる
（三十年）

奈良古梅園工房

墨は冬造るとて
寒墨踏む蹠(あうら)足(あし)趾(ゆび)ねんごろなる
すでに汚る墨工が眼に触れしのみに
墨工のわが眼触れざる側(がは)も汚れ

かじかめるまゝ蝮指墨を練る

雪の暮墨工の眼に墨むらさき

煤(すゝ)膚(はだ)に隠れ墨工何思ふや

煤膚の墨工佳(よ)しや妻ありて

寒雀と墨工眼澄む夕餓ゑどき

墨工房せましわが香を畏れはじむ

墨工の黙つひに佳(よ)し工房去る

木枯に墨工房を狭く仕切る

倉造りの一房に数百のかはらけの油火を並べ、油煙を採る

油煙部屋四方(よも)を壁天窓あるのみ

北風（きた）より入り百の油火（あぶらび）おどろかす

散　華

近江八幡に泊り、暁の四時雪中に舟を出し鴨を待つ

猟銃音殺生界に雪ふれり

雪はらはず鴨殺生（せつしやう）の傍観者

鴨撃つと鴨待つ比良の飛雪圏

猟夫（さつを）立つすでに殺生界の舟

雪中や絶対にして猟夫の意志

眼ばたきて堪ふ猟夫の身の殺気

猟人の毛帽雪つきやすしあはれ
鴨撃たる吾が生身灼き奔りしもの
鷺撃たる羽毛の散華遅れ降る
鷺撃たれし雪天の虚のすぐ埋まり
猟夫の咳殺生界に日ざしたり
（三十一年）

春

落椿

落椿一つの墓を潰しつゞく
身の入れ処なし紅梅の枝尖る

美代子に

鳥の巣拾ひ幸福載せし如く持つ
雪解川濁る勢ひを合しけり
足袋白く霞の中をなほいでず

（二十六年）

漸くに雛を飾る世となれば

雛を出す枯山つゞく枯山中
男女の雛枯山の日は永きかな
照り反す光の中に雛ほころび
ひしめきゆく風の中にて蝶ひかる
蝶蜂いでて身辺ひかり夥し
蕊高く紅梅の花ひとつひらく
さからへる手に春水のひゞきくる

阿修羅の掌

唐招提寺

伽藍の屋根大日わたる恋雀

恋雀頭に円光をひとつづつ

簷色雀簷を泰しと巣藁垂れ

興福寺

蝶が来る阿修羅合掌の他の掌に

近き春山もひとたび陰りし山にして

石山に石截り春の日を一輪

秋元松代さんを訪づれて

日が射して梅雨蝶翅をおもひ出す

あぢさゐに真向きてひとに応へをり

（二十七年）

信濃三月

句が作れず、春雪深き長野に一人旅立つ

雪原に没る三日月を木星追ひ

三日月を駆りて疾（はや）しや橇の馬

どこも雪解稚子より赤き毬ころがり

長野市木口奈良堂氏の許に滞在

階下に手斧（てうな）の音雪どんどん解くる

内山紙漉場へ行く、なほ積雪五尺余り

紙漉女と語る水音絶間なし

日当ればすぐに嬉しき紙漉女

雪嶺が雪嶺を負ひ紙漉き老ゆ

深雪の下くゞり来し水漉場に入る

雪原の太陽乙女灼きに灼く

枯れ立つは胡桃雪嶺いくつも暮る

湯田中に泊る、雪崩つゞく　三句

一夜の床敷きくるる乙女雪崩音

旅の髪よりつめたきピンをいくつもぬく

子守唄そこに狐がうづくまり
雪野暮れすぐ木星より光来る
一族の墓雪嶺より真白
雪に一歩一歩何の荷ぞ子の負ふは
電線や雪野はるばる来て吾を過ぐ
うつむくときおのが息の香雪野にて
切れ切れの雪野の虹をつぎあはす
一粒の星もこぼさず雪の原

小諸小林朴壬氏を訪ふ　二句

信濃雪解口をそゝぎて天美し

鱗甘(うま)し雪解千曲の荒鯉なり

母のどこか摑みてどれも雪焼け子

赤き雪下駄見てそのをとめを見上げる

雪解の中仙道、和田峠をバスにて諏訪へ下る

千木(ちぎ)の屋根重しや雪消(け)ざる家

山バスも春水も疾(はや)し平地恋ひ

雪解の泉飲まむとすれば天うつる

和田峠茶屋にて暮れる

ランプの焔(ほ)ペロリとゆがむまた雪崩れる

雪崩音暮るれば明きランプの辺(へ)

諏訪湖畔の伊東總子さんの家に着く

吾待たで諏訪の大湖凍解(いてと)けたり

寝ね足りぬ紅梅は蕊朝日に向け

雪解鳩よろこぶこゑを胸ごもらせ

卒業歌弾くこの家(や)のをとめまだ吾見ず

信濃いま蘇枋紅梅氷(ひ)解くる湖(うみ)

諏訪のうなぎ氷解けて捕られ吾食(た)ぶ

生いつまで

桜大枝刃もので截りしすがしさ

春嵐鳩飛ぶ翅を張りづめに

四方の扉(と)を閉(さ)して静かに春の塔

生(せい)いつまで桜をもつて日を裹(つ)む

手がとゞくかなしさ桜折りとりぬ

（二十八年）

鶯

春の暮白き障子を光とし

流水と関る藤が色に出て

子がつくりし干潟砂城(すなじろ)潮満ち来(く)

卒業近しバスケットボールはづむを摑み

切株ばかり鶯のこだまを待つ

蝶食ひし山蟻を許すか殺すか

枯崖に雨鶯の鳴きしあと

加太浦に誓子先生、静塔氏と遊ぶ　三句

ばらばらに漕いで若布(め)刈の舟散らず

海人の掌(て)窪(くぼ)棘だつ雲丹の珠が載り

子が駆け入る家春潮が裏に透く

たんぽゝの金環いま幸福載せ

（二十九年）

和具大島

津田清子さんと同行志摩へ二日の旅をして

潮潜るまで海女が身の濡れいとふ
海女舟に在り泳げざる身をまかせ
鎌遁れし若布が海女の身にからむ
あはび採る底の海女にはいたはりなし
海女潜り雲丹を捧げ来若布を抱き来
南風吹けば海壊れると海女歎く
産みし乳産まざる乳海女かげろふ

海女あがり来るかげろふがとびつけり
かげろふを海女の太脚ふみしづめ
平砂に胸乳海女の濡身伏せ
春の日がじりじり鹹(から)き身が乾く
（三十年）

青葉木菟

青葉木菟(づく)記憶の先の先鮮か
草炎や一歯(し)を欠きし口閉づる
春の蟬こゑ鮮(あたら)しくしては継ぎ

石光寺にて

牡丹百花衰ふる刻（とき）どつと来る

春の日の木樵また新しき株

手繰る藤素直に寄り来藤ちぎる

鶯の必死の誘ひ夕溪に

地上に母立つぴしぴしと椿折る

西の日に紅顚（た）ち来るや貴妃桜

淡路門崎（とざき）

渦潮見る断崖上のわが背丈よ

波あげて鵜岩の孤独わだなかに

渦潮に対ふこの大き寂しさに

燈台守よたぎつ渦潮汝(な)とへだつ

渦潮の圏にて鵜岩鵜を翔(た)たす

渦潮見ていのち継がむと吾立てり

渦潮見て荒き心を隠さざる

生き身疲る渦潮のはやく衰へよ

渦潮去る香を奪はれし髪そゝけ

渦潮のおとろへざるに断崖去る

南風(はえ)の迫門渦潮の刻解かれ

伊予行

春夜解纜しづかに陸を退けて
春夜解纜それ以後潮のたぎちづめ
春夜解纜陸の燈ひとつだに蹤き来ず
幾転舵春潮の舳に行方あり
春夜どの岬ぞ吾を呼ぶ燈台は
また転舵春夜の寄港短くして
海風に尾羽を全開恋雀

八幡浜郊外に緬羊を飼ふ百姓家多く

毛を刈る間羊に言葉かけとほす

かなしき声羊腹毛刈られをり

羊毛刈る膝下に荒きけものの息

羊毛刈る人とけものの夕日影

毛刈り了ふ赤膚羊がかたまり啼き

羊啼く毛を刈る鋏またあやまち

（三十一年）

後記

「海彦」は「紅絲」に次ぐ第四句集である。昭和二十六年春から、三十一年春まで約五年間の作を収めた。

私の俳句は「紅絲」の延長であるが、旅に出る機会に恵まれ、健康のゆるす限り旅に出て旅の句を多く作つた。身体の弱い私は病気の隙をねらつてはそれを敢てしたやうである。しかし私には特に旅の句を作らうと云ふ意識はなく、その日その時にぶつかつた素材を通し、おのれの心に触れたものに徹して詠むだけであるが、旅に出れば心に触れる新しい事物に接することが多く楽しかつた。今後も折さへあれば旅に出たいと思ふ。

句集「海彦」の名は昨年の暮、山口誓子先生にお伴して行つた土佐の旅の句から選んだ。誓子先生から序文を頂いた。はからずもその旅中の私の姿が書かれてあり、有難いことと思ふ。

私の俳句は、「紅絲」の、内へ向けた歎きを経て次第に外へ向ひはじめたやうであるが、老婆を詠んでも、童女を詠んでも私は自分との生(せい)のつながりに於て見ずにはゐられない。さういふ年齢に達したのであらう。そこから私の句の新しいいとぐちが引き出されるやうに思はれる。

「海彦」の出版に当つて角川源義氏、志摩芳次郎氏に御配慮に預かつた。厚く御礼申上げる次第である。

昭和三十一年九月

奈良にて

橋本多佳子

命終（めいじゅう）

自・昭和三十一年五月
至・昭和三十八年三月

「命終」序

昨年の十月、私は赤倉観光ホテルに泊つた。昭和十四年に多佳子さんの泊つたホテルである。私の部屋から遠く東南の方角に野尻湖の水面が光つて見えた。勿論その野尻湖へも行つて見た。額田煜君に書いて貰つた略図をたよりに、神山山荘87番を探しに行つたのだ。額田君の手紙には「最初に居られた87が眺望最もよろしく、橋本さんを偲ぶには一番好適と存じます」と書いてあつたからだ。外人村の、その別荘は略図では湖の近くで、直ぐ見つかりさうだつたが、直ぐには見つからなかつた。その別荘は松や白樺の林間にあつて野尻湖を見下す位置にあつた。対岸の崎の上に野尻湖ホテルが見えてゐた。その別荘はいまは額田家の所有だが、昭和十六年には多佳子さんの一家が借りてゐた。

夏過ぎて家は釘づけになつてゐた。背後に廻ると、氷室があり、木の扉を開けた内部は暗く深かつた。横手に井戸があつた。井戸に面した部屋は洗面所らしかつた。部屋の内部はよく見えなかつたが、他の山荘のやうに板張りの床に椅子テーブルや寝台が置いてあるさうだ。二階にも部屋があつた。多佳子さんは一日中野尻湖を見て暮らしたのだ。

すこし下の方に、富本憲吉氏一家の借りてゐた89番の別荘が見えた。その方が建物としては立派だつた。

句集『信濃』の「信濃抄一」は昭和十六年、下見に行つたときの句だ。すでに

　南風（みなみ）吹く湖（うみ）のさびしさ身に一と日
　五月野の雲の速きをひと寂しむ

などといふ句がある。
「信濃抄二」は山荘87番の生活から生れた。

　霧降れば霧に炉を焚きいのち護る
　寂しければ雨降る蕗に燈を向くる

などといふ句がある。このときの滞在は十月に及んださうだ。
昭和十七年の「信濃抄三」は山荘18番の生活から生れた。
その18番は会堂（チャペル）の近くにある。額田君にさう教へられたが、そこへは自動車で行けなかつた。道を距（へだ）てて石井柏亭氏の一家が住んでゐたと云ふ。その家も見たかつたのに、断念しなければならなかつた。

昭和十八年の「信濃抄四」は山荘5番の生活から生れた。
その家は湖畔にあつて直ぐにわかつたが、新しく改装されてゐた。
「さびしさ」が句の表面に出てゐる句はもとより、さうでない句も、その底にはさびしさが湛（たた）へられてゐた。それを口に出して云はないだけのことである。
私は角川文庫『橋本多佳子句集』の解説に「信濃抄一」の

さびしさを日日のいのちぞ雁わたる

をとりあげ、そのさびしさは「いのちがさびしさであるやうなそんなさびしさ」だと書いた。それを飛躍して「女ごころ」と云つてしまつてもいい。

多佳子さんは、野尻湖の山荘で身に沁みて感じたそのさびしさによつて自分の句の世界を変貌せしめた。

「信濃抄」を読んで、その山荘をさびしいところと思ひつつ来て見ると、実際さびしいところだつた。そこに日々を暮らせばさびしさの極まるのは当然である。

殊に山荘の人々が去つたあともそこに暮らしてゐたときの多佳子さんのさびしさは、私も同じ季節に、その場に身を置いて、痛切に感ずることが出来た。

私はそれを自分でも感じて満足し、野尻湖をあとに、土の黒い畑道を帰つて来た。

多佳子さんの死後、多佳子さんの句業について云はれた言葉のうち、私は次の言葉を思ひ出す。

小説家の小島政二郎氏は、多佳子を天才型の作家とし、誓子を努力型の作家とし、そんな誓子から多佳子がよく生れたものだと云はれたさうだ。

私は努力型を「完成に向つてエネルギーを集中する型」、天才型を「創造に向つてエネルギーを放出する型」と理解する。「完成への集中」が「創造への放出」に歩を譲るのは当然だ。

「天狼」同人の平畑静塔氏は、多佳子を一処一情の作家とし、誓子を多処多情の作家とし、一処一情の作家が勝を制したと書いてゐる。（「人と作品」シリーズ『山口誓子』）

一処一情は、多佳子さんの句作方法を説明するのに使った私の造語である。句作に好ましい場処にめぐりあふと、その一処にとどまつて、それに情を注ぎ込むことである。静塔氏はそれの対照語として「多処多情」といふ語を思ひつき、私を多処多情の作家とした。詩密の点において、多処多情が一処一情に歩を譲るのは当然だ。

多佳子さんの死を惜しむひとは多い。私も人後に落ちぬ。

私が多佳子さんの死を惜しむのは、多佳子さんのあと、その詩の系譜を継ぐひとがないからである。

その詩の系譜とはいかなる系譜ぞ。

私は多佳子さんの

水打つてけふ紅梅に夕凍てず

といふ句を鑑賞したとき、「けふ紅梅に夕凍てず」の格調の高いことを指摘して「これはこの作者のはじめの師、杉田久女から受け継いだ格調である。この弟子はこの師を正しく継承したと言つていい」と書いて置いた。

「格調」といふ語を私は風格、風調と解し、久女の詩の世界を意味せしめてゐる。その詩の世界は、別の言葉で云へば「女ごころの世界」だ。

久女から多佳子さんへこの「女ごころ」の継承があつたのだ。

多佳子さんの死後、この系譜が絶えてゐる。

多佳子さんの詩の世界には、私の提唱するメカニズムの世界も入り込んでゐる。多佳子さんが句に捉へたメカニズムは実に見事な実を結んだ。それだからメカニズムの点から云へば、誓子から多佳子さんへの継承があるわけだ。しかし多佳子さんの場合、より重要なのはそれを捉へた「女ごころ」である。メカニズムの系譜のことは特に云ふ必要はない。久女から多佳子さんへ継承された「女ごころ」の絶えてゐることを私は遺憾に思ふ。

昭和十年前後から始められた多佳子さんの句の世界は、昭和十六年の信濃体験によって変貌した。

他より摂取する時期を経て自らを発揮する時期に入つたのである。

この句集の名「命終」は、句集『海彦』の

　この雪嶺わが命終に顕ちて来よ

から来てゐる。それを私は美代子さんと一緒に選んで決めたのだ。

「命終」といふ語を見て、ひとは多佳子さんの古語癖を云ふだらう。それにちがひないが、それは多佳子さんの古典勉強の賜物なのだ。多佳子さんが日本文学の一流の作品を読み、それを身につけた結果だ。

このやうな勉強を女性はしなくなつたのではあるまいか。これは「女ごころ」の継承にも関係がないとは云へないのだ。

最後の病床にあつて多佳子さんが書き遺(のこ)した短冊には

雪の日の浴身一指一趾愛(いと)し

といふ句が書かれてゐる。

この句は多佳子さんの、自己愛惜の最後の自己愛惜の句である。

もう一枚の短冊には

雪はげし書き遺すこと何ぞ多き

といふ句が書かれてゐた。

多佳子さんは万一の手術死を怖れてそんな句を作つたのだ。開腹して、切除せずに閉じたことを知らぬ多佳子さんは、手術によつて悪いものが除去されたと喜んでゐた。その顔を忘れることが出来ない。

句集『命終』の句はみな私の選を経たものである。私はそれ等を更に篩(ふる)ひ分けることをせず、すべてを収録した。遺句集から句を減ずることを惜しんだのだ。

昭和四十年早春　　苦楽園にて　　山口誓子

昭和三十一年

信濃の旅

八ヶ嶽高原

花しどみ老いしにあらず曇るなり

入りゆくや落葉松未知の青籠めて

草木瓜は紅きがゆゑに狐寄らず

旅ゆく肩落葉松の風草の風

背を凭せて風がひびける芽落葉松

五月白き八(や)ヶ嶽聳つを日常にて

天界に雪渓として尾をわかつ

双眼鏡天上界に白嶺混み

双眼鏡いつぱいの白嶽にて遠し

伊藤淳子さん

欲れば手に五月の雪嶺母の傍(そば)

孤(ひと)つ身のいよよ孤つに白穂高

五月白嶺恋ひ近づけば嶺も寄る

この雪嶺わが命終に顕ちて来よ

八ヶ嶽聳てり斑雪(はだれ)近(ちか)膚(はだ)吾に見せ

みづから霧湧き阿彌陀嶺天(あま)がくる

そのいのち短しとせず高野の虹

轍曲る五月高野の木の根つこ

天ちかき高野の轍黍芽立つ

雪嶺と童女五月高野のかがやけり

白穗高待ちし茜を見せざりき

眼を凝らす宙のつめたさ昼半月

五月の凍み童女の髪の根の密に

母の鵙翔ちて地上の巣を知らるな

行々子高野いづこか葭ありて

紅鱗をかさねて何の玉芽なる

眼おとせば大地に髪切虫の斑

花しどみ倚れば花より花こぼれ

尖石遺址

残雪光岩に石斧を研ぎたりき

赤土(はに)籠めの埴輪おもへばしどみ朱に

花しどみ火を獲し民の代の炉焦げ

八つ嶽に雪牡丹に雨のふりそそぐ

五月高原よれば焚火の焔がわかれ

信濃落合

雪解犀(さい)川(かは)千(ち)曲(くま)の静にたぎち入る

よろこびに合へり雪解の犀千曲

雪解犀川砂洲を見せては瀬を頒つ

こゑ出さばたちまち寂し雪解砂洲

假橋にて雪解水嵩に直(ぢ)かに触れ

假橋にて雪解犀川鳴りとほす

ひざついて雪解千曲をひきよせる

雪解落合ふ嬉々たる波鬱たる波

犀・千曲雪解を合はす底ひまで

眼の前の雪解の千曲かちわたらず

雪代の光れば天に日ありけり

木曾溪

紫雲英打つ木曾の青天細き下

青木曾川堰きて一つ気にまた放つ

五月空真白くのぞき木曾の駒嶽

雪嶺の赤恵那として夕日中

笠置

くつわ虫の激ち一夜に一生懸け

くつわ虫歴(くき)とわが影燈を負ひて

ひと年会ふひとは知らずに虹を負ひ

露の吊橋「一橋一車」ならば許す

すぐゆくべく揚羽蜜吸ふ翅せはし

法師蟬友蟬ゐねばこゑとぎれ

＊

眼を病む

夕顔の匂ふ眼つむれば即ち盲ひ

右眼病めば左眼に青き野分充つ

奥吉野

土砂降りより入る目口に楮の湯気
楮煮るゆげ土砂降りの家出でず
土砂降りの紙漉場より水流れ

古きままの紙漉に老女ゐて簀の子の上に坐して漉く。

老いの顎うなづきうなづき紙を漉く
紙漉のぬれ胸乳張る刻が来て
ぬれ紙に重ねる漉紙滴るを
漉きかさねし濡紙百枚まだはがさず

むんむんと子の香を率ゐる霧の教師

鮎下り尽きし瀬の夜を鳴り徹す

鉄棒にさかしまたぎつ青吉野

吉野青山檜山修羅場を袈裟懸けに

わが立てる岩より秋水また下る

*

夫の忌日に

木犀や記憶を死まで追ひつめる

奥美濃

子の母がここにも胸濡れ紙を漉く

紙砧をりをり石の音発す

顎に力をとめ紙漉く脚張つて

働く血透きて紙漉くをとめの指

漉紙に漉紙かさぬ畏るる指

紙しぼる赤手（あかて）の上を水流れ

紙しぼる流れの端に鍋釜浸（つ）け

隆き胸一日圧（お）して紙しぼる

水照りて干紙に白顚ち来る

干紙の反射に遊ぶ茶目黒目

紙を干す老いの眼搏つて鵙去れり

若き日の如くまぶしき紙干場

死なざりし蜂干紙にいつ死ぬる

峡より峡に嫁ぎて同じ紙を漉く

遠燈点くはつとして紙漉場点く

紙漉女に「黄蜀葵糊」ぬめぬめ凍てざるもの

＊

石よりも地よりも生ける蝸牛冷ゆ

冬立ちて十日猫背の鵙雀

暗黒に水たぎらして廃れ簗

絶対安静見えざる虹をたしかに懸け

絶対安静眦（まなじり）に鵙の天

友鵜舟

鵜舟に同乗、津保川より長良川を下る。

高鳴つて鵜の瀬暮るるに遅れたり

腋も黒し鵜飼の装に吾を裹（つつ）む

腕（うで）長（なが）の鵜飼の装に身を緊（し）むる

狩の刻(とき)荒鵜手縄(たなは)をみな結はれ

手縄結はるる不安馴れし鵜とても見す

鵜の篝夜の殺生の明々と

鵜篝の火花やすでに棹さし出

友鵜舟焰危し瀬に乗りて

狩場にて鵜の修羅篝したたりづめ

男(を)壮(さか)りの鵜の匠にて火の粉の中

鵜舟に在りわが身の火の粉うちはらひ

かうかうと身しぼる叱咤鵜の匠

瀬落すや手縄曳かれて鵜が転び

早瀬ゆく鵜綱のもつれもつるるまま

中乗や男の腰緊り鵜舟漕ぐ

牽かるるもまた安からむ手縄の鵜

鵜匠の眼火の粉になやむ吾を見る

鵜舟に在る女面を篝襲ひづめ

彼方にて焰はげしき友鵜舟

こゑとどかぬ遠さの火焰友鵜舟

友鵜舟離るればまた孤つ火よ

一炎やおのが狩場に鵜を照らし

鵜の篝倚せゐて崖の胸焦がす

鵜舟にあり一切事闇に距て

＊

寝髪にほふ鵜篝の火をくぐり来て
鵜篝の火の臭の髪解き放つ

上の鵜飼

わがゆく道くらし鵜篝いま過ぎゆく
鵜舟過ぎしあとに夜振の小妖精
念々に紅焔靡く二タ鵜舟
二羽のゐて鵜の嘴あはす嘴甘きか

昭和三十二年

薪能

火と風と暮れを誘ふ薪能

風早(かざはや)の暮雲薪能けぶる

指さえざえ笛の高音の色かへて

伏眼の下笛一文字に冴え高音

舞ひ冴ゆや面(めん)の下より男(を)ごゑ発し

春颷(はやて)面(めん)にて堪へてシテ立ち身
春颷長絹透けるシテ立ちて
またたかぬ舞の面上風花うつ
笛冴ゆる老いの重眉いよよ重(おも)
薪能鴉の翼日を退け

*

生きてまたたたかきあたたかき冬芒
木枯の絶間薪割る音起る
ひとたび来し翡(かは)翠(せみ)ゆゑに待ちつづく
吸入器噴く何も彼も遠きかな

胡桃割る音団欒のおしだまり

足摺岬

枯れ崖長し行途につきしばかり

また同じ枯れ切通しこの道ゆく

紅実垂る大樹長途も半ば過ぐ

郵便脚夫に鴉は故旧枯山中

りんりんと海坂張つて春の岬

断崖にすがるよしなし海苔採舟

海の鴉椿林の内部知る

椿林天透きてそこ風疾し

一人の遍路容れて遍路の群増えず

冬の旅日当ればそこに立ちどまる

新居浜

かりかりと春の塩田塩凝らす

一丈のかげろふ塩田に働きて

黒々とかげろふ塩田方一里

出来塩の熱きを老の掌(て)より賜(た)ぶ

奈良

沼みどり瞳しぼつて恋の猫

暮れ際に茜さしたり藤の房

藤昏るる刻の浪費をし尽して

切れ切れに雨降る藤の低きより

藤の房寄りあひ雨のだだ漏れに

やはらかき藤房の尖(さき)額に来る

仔鹿の脚雨の水輪に急(せ)かれをり

梢まで藤房重し一樹立つ

破損仏緑光堂の隙割って
ものをいふ老顔の口緑さす

孫崎

渦の迫門翅あれば鴉の翔けつづけ
渦潮に乗りゆく何の躊躇もなし
渦潮を乗り切るときに後退して
躊躇許さずはや舳を責むる渦の潮
渦潮を脱せし船体白波敷き
荒鎌の刈り若布を逸す疾潮に

疾潮に逸せし刈り若布惜しと立つ
渦潮と落ちゆく舵輪いつぱいに

泉

薔薇崩る切るに躊躇の長かりき
一切の混沌青嵐矢つぎばや
蜘蛛の囲の蝶がもがくに蝶が寄る
泉湧きあふる歓喜は静かならず
泰山木ひらき即ち古びに入る
深草にこゝろ張りつめてぎすの昼

露の空白鷺ちらと傍(わき)見して

高野行

白炎と見しは太(たい)白(はく)露の塔

露晒し日晒しの石桔梗咲く

閼伽水のながれの尖が吾にくる

墓花の夏花の紅縁者来て

切子燈籠

切(きり)子(こ)点く寂光濾せる紙の質

真の闇切子が山蛾欲りつ獲つ

火蛾生死（しやうじ）切子内界さしのぞく

切子火蛾よぶ殺生戒の身におもしろ

火蛾よべる切子より吾貪欲に

山蛾食ひ切子ふたたび明（めい）もどす

切子貪欲一山（いつさん）蛾族翔け参じ

切子長尾ただにしづまり燈が暗し

切子燈籠うしろが明しまわりて見る

火蛾捨身潰れ潰れて大切子

真別処

旅人はものなめげたり沙羅落花

沙羅双樹ぬかづくにあらず花拾ふ
夏行秘苑泉のこゑに許されて
沙羅落花傷を無視してその白視る
沙羅双樹茂蔭肩身容れるほど
夏行秘苑僧の生身のねむたげに
「脚下照顧」かなぶんぶんが裏がへり
一燭の饒舌夏行の僧の眼に
夏行秘苑指しびる清水魚生きて

大阪伝法川

施餓鬼舟黒煙を吐く船に曳かれ
施餓鬼の波芥引寄せ引放つ
海までの穢川よ施餓鬼のものの青赤
卒塔婆流す穢川の舟に偕(とも)に乗り
施餓鬼舟より享けよと紅き毬流す
施餓鬼卒塔婆流す入日の波寄り来る
裏返り穢川に施餓鬼卒塔婆の白
施餓鬼幡鉄打つ音にうなだれづめ

落日に群衆が透く川施餓鬼

施餓鬼僧蝙蝠(かうもり)の両(ふた)つ袖ひろげ

賀名生(あのう)村

蒟蒻掘る泥の臭(か)たて女夫(めをと)仲

蒟蒻掘妻(め)と吉野山常に偕(とも)

蒟蒻掘顔をあげるを鴉まつ

蒟蒻掘る尻がのぞきて吉野谷

天が下土と同色蒟蒻掘

蒟蒻掘る顔を妻があげ山鳩翔つ

蒟蒻掘る穴に吐き捨つ夫(を)の言葉

蒟蒻掘る夫婦に吉野山幾重

蒟蒻負ひ馴れしこの道この傾斜

蒟蒻負ふ泥の重さも背に加へ

*

柿盗りの蹠(あうら)に老の樹のよき瘤

柿盗りを全樹の柿がうちかこみ

柘榴の裂けすでに継げざるまで深く

茸山に入る身を細め身を屈し

これが茸山うつうつ暗く冷やかに

昭和三十三年

梅　渓

梅溪に赤土露出せる一断崖
ひきよせてはつつしと放つ梅青枝
吾等去つて木魂しづまる梅の溪
鶯や火を欲りて立つ崖の枯れ
鶯や山拓く火に昂りて

毛糸編む老の刻々打ちこみて

白鳥行

汽罐車のよこがほ寒暮裏日本

雪の駅ピアノ木箱を地膚の上

野の雪雲集(よ)りて仕へて白(はく)大(たい)山(せん)

駅炉の煖盗む白鳥行に暮れ

白鳥を恋へる眼に鳶鷗翔つ

風颯々白鳥の鋭(と)目(め)切れ長に

尻重き翔ちざまの鴨白鳥湖

白鳥渡来日本の白嶽瘦せ
雪嶽越ゆ白鳥の白勝ちて
日の寵は白鳥にのみ鴨翔ける
漁る白鳥主婦は下身に雪の泥
「レダ」の白鳥出雲白鳥像かさね
低雲の一日駅夫と白鳥と
月ある闇白鳥光は寄りあひて
楫(かぢ)の音夜目の白鳥追はれゐる
一夜吾に近(ちか)寝(ね)の白鳥ゐてこゑす

万燈籠

万燈の低きに混めりわが来し方
歩み高まり万燈の高まりゆく
万燈の夜を遠吠えの小稲妻
万燈の明り流水石底見せ
万燈籠地に焚ける火は焔裂き
万燈籠とぎれてそこは溪の暗
万燈の廻廊のその赤光寂び
万燈やおのれ徹して一流水

裾の寒さよ万燈下の暗さよ

蝶の翅

蝶の翅ひたひた粗朶の永乾き
桃桜野良ごゑ出せば胴ひびき
負ひ帰る海髪の滴り濡れつぃで
四方風樹仔雀を地に置放し
風騒ぐ緑蔭の幹背を凭せ
潮出づる海女がぴつたり肉つつみ

御木本養殖真珠工場

うつうつと母貝の醜（しこ）蓋核入れ後

岩山

岩山を蝶越ゆ吾も幸福追ふ

薄明界蝶は眼よりも翅信じ

草あらし香を奪はれて百合おとろふ

濃夕焼泥田をいでず泥夫婦

囲の蝶のもがきに蜘蛛のともゆれる

蚋入りしわが涙眼のたしかに醜

菖蒲園かがむうしろも花暮れて

万緑の中層々と贋アカシア

梅雨泥の靴裏汝(なれ)の寝つづかしめ

西日の仮睡汝の荷汝をかばひ

森いでて女(め)たる隠さず新(あら)毛(げ)鹿(じか)

穂草八方いづこかに仔鹿が隠れ

袋角脈々と血の管通ふ

農婦帰る青田をいでて青田中

祇園祭

白炎天鉾の切尖深く許し
太鼓の音とびだす祇園囃子より
鉾の稚児袖あげ舞ひて衣裳勝ち
炎天の眼に漲りて鉾の紅
眼前の鉾の絢爛過ぎゆくもの
鉾の後姿ゴブラン皇妃灼け放題
地車止り祇園囃子のとどこほる
鉾曲る前輪ぎぎと梃子を噛み

鋅過ぎし炎天架線工夫吊り
帰り山車(やま)走せて徒足(かちあし)脛揃ひ

乗鞍嶽行

砂利採りが砂利にまぎれて木曾青し
鮎の底流木曾となる荒性見せ
昼寝部落よ屋根にみな石重く
杏子熟れ落つ飛驒つ子の重瞼(おもまぶた)
青田豊年定紋頑(がん)と飛驒の倉
山のバス驟雨に合歓の紅の惨

緑山中下りがあつて車輪疾し
真つ昼の照燈霧の盲目バス
一燭のわが寝に霧の窓をおき
いなびかり雪溪二重ガラスの外
靴に踏み固しもろしこれが雪溪
一瞬の日にも柔らぎ雪溪照る
雪溪に手袋ぬぎて何を得し
大雪溪太陽恋ひの顔あぐる
雪溪にひろふ昆虫の片翅を
蝶蜂の如雪溪に死なばと思ふ

残りて汚れて雪渓日曝し霧曝し

摂理の罅走る雪渓滅びのとき

霧の嶽上わが背に鳴るはわが翼

身伏せれば地ややぬくし霧押しくる

霧去つて魔王嶽南雪渓垂り

死を遁れミルクは甘し炉はぬくし

炉にかはき額にかたまる霧の髪

颱風に襲はれ山小屋に数日籠る。

青林檎の青さ孤絶の山小屋に

豪雨中雪渓真(しん)白(ぱく)以て怺ふ

雪溪がごつそり痩せて豪雨晴れ
登山荘煙吐き吐く我らこもり
一行中七〇歳の老婆あり。
避難下山負はれて老いの顔高く
いまは花野決壊の傷天に懸け

比叡山

わが比叡比良と嶺わかつ秋の空
はるかに光る秋の川来るか行くか
根本中堂

不断燈鬱々夏を遣り過す

北谷に立てば北空法師蟬

仏燈や火蛾の翅粉をただよはす

＊

山清水汚せしことのすぐに澄む

鞦韆の男女夜の谷にひらく

老いて醜き白川女頭に秋草

　春日奥山

白露行身袖ひつかく有刺線

石窟仏蜂の出入に有刺線

秋晴より蜂がかへり来石窟仏

石窟仏秋蚊に女(をんな)血たつぷり

なきがらの蜂に黄の縞黒の縞

秋晴に仏の石窟口ひらく

昭和三十四年

紀南

岬に土ありて蕗づる引けば蕗
礁の道女蕗担く肩かへては
子の干柿口より享けて口濡れる
廃馬ならず花野に手綱ひきずつて
一摑み落葉を置けば水急ぐ
みな聳ちて冬山那智に聚まれる
冬山中いま暮る滝に会ひ得たり
滝凍てしめず落下すなほ落下す
全山の寒暮滝壺よりひろごる
冬の旅滝山に入り滝尊む

滝を神としとどろくものとし禰宜かがむ

冬滝の天ぽつかりと青を見す

滝山を出づる沖には冬白浪

太地

鯨割く血潮三和土に流れ難く

鯨の血蟹の行動さまたげず

冬潮にしづみて散らず鯨の血

鯨の血流れて海に入り沈む

海に生きし大鰭離す鯨より

閉ぢし眼の一文字雨の古鵙よ

蘆刈

触らねば蘆火おとろふ刈蘆原

蘆刈がもの喰へば鋭刃やすらへり

妻遠し蘆原広し蘆刈男

高々と塔組む刈蘆に過ぎず

蘆刈の姥の重(おも)腰(ごし)鎌させば

枯蘆中すでに枯蘆退路断つ

この風にこの枯蘆に火かけなば

何得んと吾立つ恋得んと鹿駆く

廃戒壇あれば高まり野の穂架
泥擾乱泥鰌いつぴき身を隠し

長浜

夕冴ゆる雪嶺ちりめん織られゆく
灰削げば真紅な炭火ちりめん織る
冬日移るちりめん白地一寸織られ
機絲の凍て柔指にほぐれ出す
ちりめん織る冬の一日の時間の量
寒き光織子の頰の総生毛

絲の継傷ちりめんの白地冴え

織子寒し千の縦絲一本切れ

凍て機の縦絲を掻き鳴らして検る

雪嶺下藍つぼ紅つぼ深し深し

湖北尾上

沈み友禅寒水の流れゆるみ

鴨群の鴨翔つ従ひしは数羽

雪明りこゑももらさず餌場の鴨

鴨耄る雪降らざれば止まぬなり

鴨浮寝はぐれし一羽降り来たり

はぐれ鴨加はりすぐに夜の鴨

春雷のあとの奈落に寝がへりす

薪能

薪能枝を入日に枯桜

春夕べ舞の女面の狭き視野

咽喉笛を女面の下に薪能

薪能執しあひつつ二タ火焔

薪能雑色のみに火の熱気

薪能火焔熱しと眼に観じ

薪能悔過の女面を火の粉責め

壬生大念仏

「壬生念仏」は黙劇で、鉦・太鼓・笛につれて口中念仏を唱へつつ、狂言が演ぜられる。中でも「炮烙割」が代表的。

目つむれば鉦と鼓のみや壬生念仏

壬生念仏とても女なればみめよき面

壬生念仏身振りの手足語りづめ

壬生念仏「喰はれ子」鬼に抱へられ

炮烙割れし微塵の微塵壬生念仏

春の日を壬生念仏が牽きとどむ

天に蝶壬生念仏の褪せ衣

桜狩

つづみうつ肉手丁々都踊

修学旅行緘黙紅き都踊

桜狩葬煙をいぶかりもせず

＊

花桐や城址虚しき高さ保つ

城址の記憶落窪と金鳳華

密集の金魚に選別手網(たも)入れる

幣ひらひら夜も水口(みなぐち)の神います

まくらせる北の空にてほととぎす

暁の雨蛙また枕ひびく

ひた翔くるこゑほととぎす鳴いて過ぐ

仰臥する胸ほととぎす縦横に

噴き出づる汗もて汗の身を潔め

麦の秋無縁の墓に名をとどめ

十薬の匂ひにおのれひき据ゑる

由布

NHK・二六会の仲間とこがね丸にて別府・由布原へ旅立つ。

炎天に冥きこゑごゑ蜂巣箱

翅のうなりが蜂の存在青裾野

近づき過ぎバスに由布岳青胴のみ

青双丘乳房と名づけ開拓民

志高湖

湖底に合す鶴見青裾由布青裾

昼浴衣地獄げむりを身に纏きて

過去見るかに老婆泉を長眺め

蜜まづき花のかぼちやに遠来し蜂

＊

踏みゆるめばすぐに低音稲扱機

豊年や走れば負ひ子四肢をどる

三つ星(オリオン)が緊める新(ラ)刈田

乳母車坂下りきつて秋天下

噴水を白らめ川霧とどこほる

昭和三十五年

薬師寺

強白（こはじろ）の息ぬくぬくと吉祥（きちじやう）讃

人香に仏香勝てり吉祥（きちじやう）会（ゑ）

*

炉より立ちひとりの刻をさつと捨つ

炉框の方形の方待ち時間

熾る炉火その上言葉ゆききする

ただ寒き壁大仏の背面は

冬晴の影ふかぶかと伽藍の溝

森をゆく頭上に遠き秋の晴れ

湖北に寝てなほ北空の鴨のこゑ

右傾直せば左傾不機嫌耕耘機

心底より深空ゆるす冬泉

うつむくは堪へる姿ぞ髪洗ふ

前燈に枯野枯道行方知らぬ

綿虫載せおのが手相をおのが見る

蜂もがく生きるために死ぬために

溺るゝとも蜂一匹の死に過ぎず

霞む山引つかへさざる鴉の翼

山火の夜光りもせずに溝流れ

紅と方向指示器吹雪の中の意志

雪とけて凍る靴底一直路

暗くふかく家裡見えて雪深道

お水取

火がついて修二会松明たちまち惨

火の修二会闇に女人を結界して
修二会の闇われ方尺の女座を得て
桟窓格子透きてへだてて修二会女座
火を滴々修二会松明炎えほろぶ

走りの行法

刻みじかし走りて駆けて修二会僧
修二会走る走る女人をおきざりに
飴ふくむつばとくとくと修二会の闇
一睡さめ身が覚めきつて修二会女座

ダッタンの行法

水散華火散華修二会僧たのしや
西天に赫きオリオン修二会後夜

＊

椿華(け)鬘(まん)重し花蕊をつらぬきて
落椿くもる地上の今日の紅
二タ雲雀鳴きあふ低き天もたのし

唐招提寺

散りづめの桜盲眼もつて生く

嘴(はし)こぼる雀の愛語伽藍消え

＊

こゑ断つて虻が牡丹にもぐり入る
牡丹畑はげしき雨に雨衣頭巾
生きてゆく時の切れ目よ藤垂りて
青嵐ガラス戸ひらき何招ず
青嵐危ふきときは身を屈し
静臥の上巣藁一本づつ加はる
静臥の上巣つくり雀しやべりづめ
蟻殺し殺し身力を信じくる

青嵐静臥の椅子に身を縛し

おとろへて生（せい）あざやかや桜八重

病蝶を一蝶の翅うちうちて

蝶蜂の薊静臥の主花として

眼つむれば泉の誘ひひたすらなる

静臥飽く流泉のこゑ蜂のこゑ

ほととぎす叫びをおのが在処（ありど）とす

K病院

走馬燈昼のからくり風にまはる

天神祭

病院の壁に囚はれ祭囃子

鉄格子天神祭押しよせる

＊

九月来箸をつかんでまた生きる

九月の地蹠ぴつたり生きて立つ

朝より暑汝も飢ゑ顔煤雀

虫のこゑベツド鉄脚つつぱつて

ちちろ虫寝よ寝よところ切らず

深青の天のクレパスうろこ雲

人恋へり鱗つばらにうろこ雲

起きて見る木床秋日が煮つまつて

軽々と抱きて移さる秋日和

紅き実がぎつしり柘榴どこ割つても

深裂けの柘榴一粒だにこぼれず

雀・仔猫病院やつと露乾く

点滴注射遠く遠くに木の実落つ

露ベッド人の言葉を瞼で享け

しやぼん玉吹いてみづからふりかぶる

雁のこゑわが六尺のベッド過ぐ

病み勝つて日々木の葉髪木の葉髪
忘れゐし花よ真白き枇杷五瓣
柿・栗吾にもたらし食べよ食べよ
秋の蝶病院のどの屋根越え来し
綿虫の浮游病院の屋根越せず
病室に柿色かたまる柿もらひ
蝙蝠がゆきて病院燈がともる
晴れて到る人の訃シベリヤ高気圧
霧の太陽すずめの中の病院鳩
病院の六十年史子連れの油虫

十二月十日退院す

退院車入りてまぎれて師走街

藁塚が群れて迎ふる退院車

臥して見る冬燈のひくさこゝは我家

昭和三十六年

崖

臥す顔にちぢかか崖の霜の牙

今日も臥す立ちはだかりて枯れし崖

綿虫の綿の芯まで日が熱し

冬日浴足の爪先より焼きて

髪洗ひ生き得たる身がしづくする

臥す平らつづき寒肥の穴ぽつかり

霜を踏み試歩の鼻緒をくひこます

枕辺に揚げざる凧と突かざる羽子

われとあり天を知らざるわが凧よ

凧・独楽・羽子寄りあふわれと遊ばずば

独楽とあそぶ壁に大きな影おいて

厚氷金魚をとぢて生かしめて

もがり笛枕くぐりて遁げ去りぬ

垂直に崖下る猫恋果し

崖下に臥て急雪にめをつぶる

養身や目鼻にからむ飯(めし)のゆげ

枯田圃日風雨風吹きまくり

回想

話しゆく体温の息万燈会

万燈の誘ひ佳き道岐れをり

鬼の闇一文字深く溝の黒

＊

我ら来て人気枯山三時頃

降る雨が浸まず流れて二月の地

風花の大勢小勢待つ時間

昆虫の肢節焼野の灰ぼこり

土に憩ひ眼にひろがれる野焼黒

恋負け猫ずつぷり濡れて吾に帰る

山中に恋猫のわが猫のころ

土筆の頭遠くに人も円光負ふ

近くして静かな修羅場昼山火

北天の春星の粗に北斗の鉾
桜吹雪ござ一枚の上に踊る
疲れ知らぬ韓鼓どどど桜の山
青き踏む試歩よ大きく輪を描いて
いくらでもあるよひとりのわらび採り
風吹いて帰路の白道わらび採り
誕生仏立つ一本の黒き杭
熱灰の焼野日輪直射して
とび出せし犬麦畑の痩地帯
崖山吹倉暗黒の覗き窓

罪障のごとしその根の落椿

奈良飛火野

藤の森日曜画家に妻のこゑ
わが頭上無視して藤の房盗む
藤盗む樹上少女の細脛よ
女を飾る木よりぬすみし藤をもて
藤盗み足をぬらして森を出る
いなびかり髪膚をもつて堪へてをり
臆病なとかげが走り瑠璃走る

山城棚倉

土中より筍老いたる夫婦の財

筍の穴が地軸の暗を見す

筍と老婆その影むらさきに

凭りて刻長し藤咲く野の一樹

＊

奈良白毫寺村

田を植ゑてあがるや泳ぎ着きし如

妻の紅眼にする田植づかれのとき

＊

男女入れ依然暗黒木下闇
仔の鹿と出会がしらのともはにかみ
梅壺の底の暗さよ祖母・母・われ
一粒一粒漬梅かさね壺口まで
漬梅を封ぜし壺を撫でいとしむ
漬梅と女の言葉壺に封ず
金銀を封ぜし如き梅壺よ
梅干を封ぜし壺のなぜ肩よ
透ける簾に草炎の崖へだつ

稔、庭にDDTを撒く。

こがね虫千殺したり瑠璃の千
七月の光が重し蝶の翅
十代の手足熱砂に身を埋め
海戻りはつと影消す砂日傘
けふの果紅の峰雲海に立つ
乳母車帰る峰雲ばら色に
華麗なるたいくつ時間ばらの園
爛熟のばら園時間滞る
らん熟のばら園天へ蠅脱す

長良川

山下鵜匠邸庭にわが句碑立つ、誓子先生の句碑とともに。東京より三人の娘、三野明彦・武彦来。美代子・稔奈良より加はる。

姉妹同じ声音蟬鳴く中に会ひ
籐椅子が四つ四人姉妹会ふ
蟬声に高音加はる死は遠し

＊

女やすむとき干梅の香が通る
紅き梅コロナの炎ゆる直下に干す

甲虫飛んで弱尻見せにけり
西日浄土干梅に塩結晶す

*

をどり太鼓すりばち沼に打ちこんで
をどり衆地上をよしと足擦つて
をどりの輪つよし男ゐて女ゐて
かの老婆またためぐりくるをどりくる
夜の土に腰唄はずにをどらずに
尽きぬをどりおきて帰るや来た道を
をどり太鼓びんびん沼がはね反す

子が持つて赤蠟赤光地蔵盆
わが燭の遅れ加はる地蔵盆

＊

曼陀羅の虫の音崖の下に寝て
甲虫紅き縫絲がんじがらめ
郭公に刻をゆづるよ暁ひぐらし
吾去れば夏草の領白毫寺
試歩を寄す秋天ふかき水たまり
翅立てて蝶秋風をやり過す
蜂さされ子に稲を刈る母の濃つば

プールサイドの椅子身をぬらさざる孤り

月遅し木星が出て海照らす

流れ急どかつと曼珠沙華捨つる

昭和三十七年

障子貼る

障子貼るひとり刃のあるものつかひ

障子貼る刃もののぬれ紙よく切れて

昼臥しに風さらさらと新障子
愛しさや恋負け猫が食欲(ほ)れり
奴凧夜覚の顔のわが近くに
独楽あそび手窪のごとき地を愛し
鳥渡る群ばらばらに且つ散らず
綿虫とぶものに触れなばすぐ壊えん
頭も見せず蒲団を被れば一切消ゆ

*

薬師寺

花会式造花にいのちありて褪せ

＊

折ればわがもの冬ばらと園を出る

脚抱きて死にきれぬ蜂掃き出せり

あやめ池動物園

一冬の玩具熊に木の切れつ端

冬兎身の大の穴いくつも掘り

独　楽

元旦、丘本風彦氏来訪。独楽を習ふ。

頭をふつておのれ止らぬ勢ひ独楽

何の躊躇独楽に紐まき投げんとして

掌にまはる独楽の喜悦が身に伝ふ

掌に立ちて独楽の鉄芯吾（あ）をくすぐる

寝正月夢湧きつげば誰より贅（ぜい）

寝正月鶏を欲れゝば鶏来る

わが起居に眼をみはるもの奴凧

りんりんたる白羽破魔矢に鏃なし

白破魔矢武に苦しみし神達よ

羽のみだれ正（ただ）す破魔矢に息かけて

わが寝屋の闇の一角白破魔矢

養身のほとりにつよく破魔矢おく
籾殻の深きところでりんご触れ
寒肥の大地雪片ふりやまず
手をつけば土筆ぞくぞく大地面
野に遊ぶ土管胎内くぐりして
泉の底天より早く星を得て
はるかなる雪嶺のその創まで知る
もがり笛厚扉厚壁くぐり来る
亡き夫顕(た)つごと焚火あたたかし
金魚池水輪もたてず雪ふりて

大石忌

祇園一力にて

燦と燭良雄忌はまた主税忌よ

大石悼む低き鴨居のその低きも

大石忌仮恋とても恋佳きぞ

大石の死の刻春日この位置に

花子さん

老の妓の笛座ゆづらず大石忌

*

投げ独楽の遠くにまはる吾と遊び
親よりも頭勝ちむつくり巣立鳥
泉の円一方切つて流れ出す
鈍男野焼きしことに勇みをり

*

紅椿直哉が捨てし涸れ筧

三鬼氏を悼む

桜の下喪の髪にピンいくつも挿し
花万朶しづもるや喪の重き如

桜寒む生死の境くっきりと
桜見てひとり酌む酒手向け酒
げんげ畑そこにも三鬼呼べば来る
花万朶皮膚のごとくに喪服着て
眼にあまる万朶の桜生き残る
喪服着て花の間いそぐ生き残り
桜寒む熱き白湯飲み生一途
日をつつむ西方桜死は遠し

＊

踏み込んで大地が固しげんげ畑

げんげ畑坐ればげんげ密ならず

蝶翅をつかへり風の群れ来るに

*

東大寺戒壇院

寒き戒壇人が恋しくなりて降る

鵜飼

山下幹司氏を訪ふ。

鵜飼見る盲ひ鵜匠と顔並べ

鵜舟より火花とびくる盲鵜匠

かなしき距て鵜篝と盲鵜匠

盲鵜匠疲れ鵜羽うつ翼風

＊

出陣の稚き眉目の武者人形

牡丹畑日熱りのいま入り難し

みごもりて盗みて食ひて猫走る

捨猫の寄りかたまるを日がぬくめ

捨猫によびかけられて見送らる

捨仔猫見捨てし罪を負ひ帰る

捨猫のこゑが蹤きくる背を突き

わが寝屋に出でし百足虫は必殺す
百足虫殺さむとすわれの力頼み
雨風に巣藁のなびき法華尼寺
くろがねの甲虫死して掌に軽し
悲しき夏百日のはじめの日
わが髪にぶんぶんもつれ啼きわめく
蜥蜴食ひ猫ねんごろに身を舐める
猫走る白斑野分の暮れんとして
野分の燈鳴かぬちちろがうつむきて
炎天下夫婦遍路の白二点

うろこ雲声出すことを禁じられ
いのち守る秋の簾を地上まで
月祀る起きて坐りて月に照り
蜻蛉の翅枯葉のごとく指ばさむ
指の間に枯葉の音す蜻蛉の翅
蜂の巣をもやす殺生亦たのし
蜂巣もゆる紅き焔のふつと見え
もえ難き蜂巣仔蜂の生詰る
炎えてゐる巣よりこぼれて蜂白子
入日に蜂とべり焼きたる巣の蜂か

角伐り

角伐り場土壇場へ鹿追込めり
角伐り場血ぬれて土が傷つけり
角重し生きし鹿より伐りとつて
鋸の歯に鹿(しか)角(づの)最後まで硬し
走り去る男(を)鹿男の角失ひて
斎かれて鹿の伐り角枝交す
角伐り場解きたるあとは野の平ら
角伐り場虹がかかりて凄惨に

犠牲の鹿投げ縄からみなほ駆ける

昭和三十八年

大和美し

大和美（うるは）しみぞれ耕馬を眼にせずば

日向にゐて影がまつくら手毬つく

竹馬を御す手胸辺にやすみなし

羽子つよくはじきし音よ薄羽子板

勝ち勝ちて天に残りし孤つ凧

＊

神楽ひよつとこ神楽おかめの惚れ手振り
神楽の世をんなおかめの妬き手振り
泣きじやくる神楽おかめの笑ひ面

＊

年迎ふ櫛の歯ふかく髪梳きて
除夜の鐘打ちつぎ百を越えんとす
除夜の鐘大切なこの歳を病み
火を恋ふは焰恋ふなり落葉焚き

熟柿つつく鴉が腐肉つつくかに

書を曝す中に紅惨戦絵図

＊

猟銃音わが山何を失ひし

銃音圏逃げる翼の生きる翼

雉子置きしところにその香とどこほる

雉子料るつめたき水に刃をぬらし

つよき香の雉子食ふいのち延ばすとて

雉子食ふや外の暗黒締切つて

暮れ土に雉子の羽毛の一羽分

天と遊ぶわが凧の絲のばしきつて

湯気ガラス外より見られず外を見ざる

湯気ガラス夜は樺色の燈を芯に

新薬師寺

またたくは燃え尽きる燭凍神将

少年の冒険獲ものの一氷片

氷塊の深部の傷が日を反す

寒燈を当つ神将の咽喉ぼとけ

*

低き凧おもしろたえず風ぐるひ
天知らぬ凧を揚げむと野に抱き来
雪降る中髪洗ひたる顔あげる
オリオンが方形結ぶ野火余燼
山焼きし余燼もなしや天狼下
荒凧の絲がわが手に刃なす

万燈籠

なんといふ暗さ万燈顧る
万燈道けものの匂ひかたまり過ぐ

木下利玄に歌あり。

万燈会廻套利玄とすれちがふ

K病院再び

入院車ゆきて深々雪轍

病院のガラス春雲後続なし

春の河夜半に大阪ネオン消す

雪はげし化粧はむとする真顔して

雪映えの髪梳くいのちいのりつつ

ガラス透く春月創が痛み出す

暁春やベッドの谷に附添婦

一羽鳩春日を二羽となり帰る

風に乗る揚羽の蝶の静止して

*

雪の日の浴身一指一趾愛し

雪はげし書き遺すこと何ぞ多き

あとがき

『命終』は母の第五句集・遺句集として出版していただくことになった。
母は、昭和三十八年五月二十九日、大阪中之島の回生病院で世を終えた。入院する時、私に句帖を渡して、もしもの事があったら、この句帖を纏めて句集を出してほしいと頼んでいたが、母はそう言いながらも生きぬく自信を持っていたようであったし、私は勿論、母が死ぬなどとは考えてもみなかったので「大丈夫よ」と軽く答えてその句帖を預ったのであった。
五年ほど前から母は句集を出したいと思っていたらしく、上京して角川さんにお願いしてこようと、よく言っていたが、事に紛れてそれは実現しなかった。
遺句集『命終』には昭和三十一年五月から昭和三十八年三月迄の句を収めた。
山口誓子先生から、このたびも懇切な序文を賜った。三十余年に亘る先生の御指導を母とともに感謝したい。殊にこの句集の期間、母は先生に従って諸所に旅をし、私はその都度母から楽しい旅の話を聞いた。『命終』に出てくる雪嶺や、川の流れ、飛んでいる鳥や蝶にも私はその時の母の心をはっきり読みとることが出来る。
母は先生のお蔭で生涯、俳句を作りつづけ、この世に生きた喜びをのこすことができた。

句集の出版には、いつものように、角川源義氏の暖かい御配慮をいただいた。氏の御厚意に心からお礼を申し上げたい。

昭和四十年三月

橋本美代子

補遺

（句集未収録作品）

自・大正十五年
至・昭和三十八年

大正十五年

櫨紅葉芋洗ふ手に流れ寄り

「天の川」より

昭和二年

たんぽぽの花大いさよ蝦夷の夏

「ホトトギス」より

樺太旅行

大干潟打よす昆布そのまゝに

うとみ見る我丈ほどの女郎花

幌内川

夏川や根ごと流るゝ大朽木

麻雀をしまひし卓や冬牡丹

金屏につぼみまろさよ雛の桃

朝霧や帆あげしまゝの止り舟

灯をめぐる大蛾のかげや蚊帳くらき

「天の川」より

胸高にさゝげし膳や雛の前

振返へる人美しや雛の市

蜆舟いつか去りたる窓の景

笠深の笑顔幼なし蜆売

カーテンに月の若葉のゆるゝ影

若き騎手若葉くぐりて現はれぬ

濃むらさきもぐ手そむかや茄子のつゆ

茄子もぐや草履にふみし草の丈
夏の夜や驟雨くるらし樹々の風
化粧ひしも我眉けはし夏の宵
露草や郵便まてる門の坂
夏寒しくれてつきたる山の駅
山裾や萩の見え来し海の色
ふみ入りし小笹深さよ女郎花
夏座敷客間へくゞる簾のかず

昭和三年　「ホトトギス」より

萩の風葉うらかへして渡りけり

裏門の石段しづむ秋の潮
裏門を入り来し海女の祭髪
柴漬の舟あらはれぬ窓の景
窓の海今日も荒れゐる煖炉かな
裏門や潮ひくあとの花芥
簀目のまだ濡れやらず黄楊の雨
春蟬や窓の松風つよからず
花葛のひきおろされてあらけなや
濃き淡き霧の流れや目のあたり
乗捨てし駕まだ見ゆれ霧の中

「天の川」より

新涼の沼にうつりて流れ雲

山霧の下りて色濃き野菊かな

よみがへる野菊の色よ片手桶

谷橋に湯けむりのぼる野菊かな

深々と磐石しづむや草もみじ

月光にこぎ入る舟の影ありぬ

野菊折るや地獄温泉けむりながれくる

初雪や椋鳥あそぶ広芝生

慈善鍋みかんの皮のふかれゆく

蓬萊丸にて

早鞆の風おさまりし暖炉かな

木彫雛灯ゆるゝ御衣のひだ深き

裏門や夕潮よする落椿

咲きみちし寂しさありぬ寒牡丹
春めける雨垂をきく火桶かな
おほわだへ日向うつりぬ冬の山
春寒や砂にくひゐる桜貝
まゆ玉の散るをくべたる暖炉かな
春寒や砂をかみたる桜貝
春寒の雨となりたる暖炉かな
春寒の葉もれ日ありぬ藪椿
松内の俥ゆききや雪の町
春月や今宵の客に暖炉たく
こゝかしこ散りつぐ花の小龍巻
夜振火の松間がくれにあらはれぬ

夜振火の礁かげにもゐたりけり

谷藤の昏さにありぬ蝌蚪の水

八重桜土に崩れて大いなる

春めきし雨音をきく火桶かな

籐椅子や窓の芒の暮れやらず

夜振火のむきをかへたる火くづかな

瑠璃壺にうつり鳴き出しきりぐす

門川やあけぼのすでに鯊つる子

鴬の戸や霧晴れそめし普賢嶽

霧雨や下り路速き山の鴬

瑠璃草の岩根ぞ暗き霧しぐれ

昭和四年

「ホトトギス」より

露けさや伏してひらかぬねむの草
実葛はむ瑠璃の小鳥の名を知らず
落椿そびら合せに二つかな

赤間宮平家の夢

額づけばまた水無月の落葉かな
手花火の子等に浦波よするなり
裏門や舟虫這ひてとざされず

「天の川」より

百合見えて肩をかはしぬ山の駕
庭下駄のこだまのありぬ夕紅葉

庭下駄の鼻緒かたさよ石蕗の花
返り咲くたんぽゝの畦あるやなし
この里の手毬のうたもうろおぼえ
うぐひすや藪のひまなる海の色
落椿まわりとまりし藁の堰
囀や一羽おりたる芝生かな
囀や嶋山かけて虹の景
山荘や春の暖炉を焚きしまゝ
みどり藻の磯のうす雪とけやらず
やどかりのよろばひいでぬ若布籠
落椿この一波にさらはれん
磯の香や椿の籔をぬけしより

門川や落つる椿も籬ぞひ

馬酔木川はぐれし鹿をうつしたる

馬酔木野や鹿よぶ声のうしろより

白木蓮散りし光りをまのあたり

久保邸にて

こぼれ生ふ罌粟そのまゝに苑の径

しみいづる草の清水や春龍胆

草むらに囮の鳥の高音かな

落椿よりつ離れつ波のまゝ

再びの提灯おそふ花吹雪

日向青島

春光や蒲(び)葵(ろう)樹林の御幸道

ばり〳〵と蒲葵落葉をふみ出る

塵籠の塵おほかたは落椿

旅衣蛍の欄にかけられし

機織女梧桐の風をほしいまゝ

青簾漁火見えそめてまかれけり

下ノ関安徳陵にて

此の陵や春も早く暮れぬべし

日向鵜戸神社にて

山藤や此処より沓を許されず

するゐ〳〵と小魚のかげや冷し瓜

日向景清陵人麿塚にて

手折り持つ薊そのまゝ手向花

抱へ行く藤の花房うちかふり

あぢさゐのまだ珠ちさき薄黄かな

誘蛾灯ともす童に従ひぬ

ぬぎすてし衣にとび来し青蛾かな

「ホトトギス」より

昭和五年

櫓山を去る

かたむきし夕顔垣もそのまゝに

夕されば春の炬燵によりにけり

あしべ踊り

石蹴のをとめもすなるふところ手

軒々の紙の桜に春の雨

顔見せや京に降りれば京ことば

鶯や駕に先きだつ大原女

水草の花のあけくれ渡し守

道の辺の小さき祠も藤を垂れ

「天の川」より

秋の灯やピアノの上の人形達

烏瓜吹きあらはれてま青なる

住吉の宮の映りて蓮枯るゝ

住吉の里の時雨に移り来し

かゞまれば草にかくれぬ秋の海

秋雨や潮にさびたる門の鍵

大籠に落葉もて来て焚きそへぬ
焚かれある落葉に遠く掃きゐたり
病人のあつかひうけて日南ぼこ
葛城の今日はかすみて日南ぼこ
土筆摘土師の里輪はとのぐもり

当麻寺

夕桜当麻の塔は暮れてあり
春昼を灯れる御厨子拝みけり

当麻曼荼羅

春灯や仏の国をまのあたり
人々の声かへし来ぬ谷桜
涅槃像柱まはりてまみえけり

夫婦して遊べるごとく種蒔ける

文楽座楽屋にて

魂ぬけの人形達や春灯

春の灯のとゞかぬ人形ありにけり

ゆく春の夜の人形をとひにけり

比叡山根本中堂

昼の虫消えずの燈のほとりより

昼寝する客や主や草の庵

あぢさゐに霧の流れのひまありぬ

長門峡より萩町へ舟行一句

壺坂の爪先きあがり道おしへ

粟筵塔をめぐりて干されけり

まのあたりころがり鳴れる鳴子かな

昭和六年

「ホトトギス」より

かさねたる袂の上の散紅葉

住吉や鰊料理の麻のれん

法隆寺村佐伯家

籾干して天平よりの旧家かな

かへりみて淀のかゞやく枯野かな

住吉の松の中なる花の茶屋

業平忌あふちの花はいまだしや

俎板にながるゝ水や茄で蕨

奈良春日神社蹴鞠奉納祭

蹴鞠の藤にかくるゝこともあり

室生寺二句

石楠木に干草よせてありしかな

干草をかへせばありし花あざみ

夕顔に障子をしめてありしかな

腰かけしひざのあたりに垂るゝ萩

大いなる手をひらいては種をまく

生涯を人形つかふて近松忌

「天の川」より

雨もりのして座をかへぬ紅葉茶屋

すくはれて紅葉まみれの生洲鯉

岩あひに鯉の生洲や散紅葉

柄をたてゝ雨傘につく散り紅葉

稲架の上に橋のみゆるや滝田川

子規の碑をうつす人あり柿の茶屋

籾むしろ築地へかけて干されけり

麦踏みにあひたるのみの飛鳥京

畦ゆけば遅き梅あり飛鳥京

春水にそうてはなれて岡寺へ

鹿のゐる暖簾のうちの蕨餅

日あたりて来れば柳の芽ぐみをり

庭下駄の紅葉はらひて出されけり

谷ふかく木の実拾ひの手をつなぐ

昭和七年

「ホトトギス」より

よく見れば蝗干したる筵なり

青簾くらきをこのみ住ひけり

霜柱ゆるぎそめたるけはひなり

鹿うら〵ぬかせんべいもたべあきし

風邪の夫こどものごときことをいふ

永き日の機(はた)に生(あ)れたる花鳥かな

ねころべる衛士にちろ〳〵焼くる芝

難波病院三句

たよ〳〵として遊び女の青きふむ

遊び女の帯の細しも青き踏む
茨籬遊び女と吾とへだてけり
母の手をとればつめたし花篝
昼寝する夫によしなし舟遊び
遊船のみよし細さよ葦の中
秋篠やこゝは遅れて麦の秋
子等が手に端午のよもぎなへてあり

櫓山にかへりて二句

かの男ぼうふら抱いてたづね来し
隣なる旧家は絶えぬ葛の花
無月の灯みさゝぎ守はをられけり
あら〳〵と熊手をもるゝ萩の塵

花ぬなはひとつらなりにひかれける

草の穂のつん〲として刈籠に

「天の川」より

踏み入りし竹柏の林も花曇

春光や手にまろ〲と竹柏の珠

花あしびみどりの壺のふくらみ来

春の海熔岩の流れの来て沈む

「ホトトギス」より

昭和八年

春日御祭三句

春日野の大杉立てりくらべ馬

騎手現れぬ紅葉の枝を襟にさし

朱の紐にくくりし袖やくらべ馬

来るといふ使の来たり春の雨

藤の下車舎(やどり)は片廂

大阪に更衣して母の旅

えびの子と藻の花とありざるの中

すい〳〵と子えびのおよぐざるの中

厨たのし掘り来し貝の潮ふける

暖房や南のくにのくだものを

冷凍会社を見る

雪かぶる赤き灯つけり冷蔵庫

篝火や鵜匠の烏帽子とがりたる

洗ひたる我黒髪のへりにけり

昭和九年

「ホトトギス」より

暖房や我が船霧笛吹きつゞく
暖房や汽罐のひゞきすこしあり
伝書鳩雌はおくれつゝ秋の湖を
吾子いねしよりひたさびし煖炉もゆ
夜をかさね留守もる妻の絵双六
暖房や花粉まみれとなりし百合

春日御祭后宴の能

ひとゝきの風おそひたる薪能

冬茨病める遊女は玻璃のうち
ひねもすの藪鶯や産籠り
絵屛風にかこまれゐるや産籠り

サドル島沖にて霧のため停船

海燕まつはり飛べり霧鐘うつ
甲板や燕も我も霧に濡れ
霧げむり警鐘うてる人を消す

北四川路戦趾二句

夏草や廃墟の階は残れども
燕や廃墟の柱空へ立つ

櫓山にて

馬刀売りの彼の婆来たり馬刀買はな

劉氏別業

燕とぶ留守の閨房並ぶなり

角伐りや紅葉かざせし人もゐき

角伐りや老の髪透く立烏帽子

昭和十年

「ホトトギス」より

暖房や地図に航路の針すゝめ

暖房やふさ〳〵ゆるゝ花芭蕉

府下清溪村に切支丹遺蹟をさぐる三句

稲刈るや邪宗門徒の名を負ひつ

日曜(ドミニカ)の祈りはすみぬ稲刈りに

苦行縄かけあり年木割つて居り

樺太旅行

国境や馬鈴薯の花咲ける町

樺の家われを迎ふる夏炉あり

ねころべば樺太車前草やはらかし

波すゞし港といへど蕗茂り

フレップにツンドラ地帯今こそ夏

オソチョン族住あり

こもらへる異人種の香ぞ夏炉もゆ

フレップにやがて滅びん民族遊ぶ

西湖新々旅舎二句

水草に白楼ひくき門もてり

野茨にわかれし馬車が笛ふけり

「馬酔木」より

しぐれ雲片照りつゝも野にひくゝ

赤金(しやく)に光(て)りつ花野が日をしづむ

曼珠沙華みとりの妻に詩(うた)はなき

曼珠沙華衰へしかば鞭うたれず

夜となれば龍舌蘭も露ををくか

大旱の星雲けぶり渦巻けり

この国の夏天の銀河濃ゆかつし

昭和十一年

「馬酔木」より

赤間の陵

絵巻に見しこれの干珠島を秋潮に
秋潮に満珠島は蒼き珠なせり
秋の潮哀しき御幸ありしところ
秋潮の底ひの宮にゆきし帝
みゆきまし〻この秋潮にみさ〻ぎを
秋潮の瀬の鳴るかたにみさ〻ぎを
早鞆を落つる秋潮音しづめよ
日のひかり秋の渦潮射て深く

或る事件八句

つめたき手宣誓書けり墨うすく
冬の日は遠く判事の皃をまぢか
わが証言正しかれども心ひゆる
わが手足冷ゆるに心昂りぬ
書記あはれ凍てたる墨に筆つぎぬ
冷ゆる壁時計正しく時をきざむ
わが生くはこれなる穢土か床(ゆか)冷ゆる
わが歩み正しく階にさむき光(かげ)
ひかりつゝ雲去り空が碧く凍てぬ
煖炉もえ風荒れの海夜も荒るゝ
犬とゐてけものゝ香あり煖炉もゆ
うばたまの霧金色にともるは檣

地下涼し青き車体が扉あけてゐる
涼しき走輪闇ゆき地下の駅となる
霧にこもりロウンヂの炉によむひとり
霧ごもり電話神戸をよんでゐる

「ホトトギス」より

昭和十二年

枯るる園学べる少女玻璃に見ゆ

「馬酔木」より

煖房の燈を並め北風に航つゞく
湯槽にひたり北風の甲板の真下なる
北風に覚め夜半の船室のあつすぎる

黄砂の日

黄砂航く貨物船側に朱を見たる
渡渫船黄砂暮るゝと音を断ちし
熔鉱炉黄砂の夜天ちかづけず
黄砂の夜鉱滓は地に火と炎ゆる
玄海の黄砂の真夜を月いづる

初瀬

牡丹朱に日輪溟き天にある
牡丹あふり黒南風地より吹きたてり
牡丹荒れ黒南風雲を走らしむ
黒南風に向ひ廻廊の階を降る

南風集

停船旗南風の港がしろくある
南風吹けり巨船停らんとしつゝ来る
停船する船と歩めり南風を負ひ
舷梯を下り来ぬ南風にカラア碧く
南風の波搏てり騎馬いま遠く駆る
南風くろし走輪光りひかり駆る
南風くろし工事の鉄鎖街に鳴り
水上署のボート祭の波を荒らす
祭舟篝の炎の中にゐる
まつり更け新聞トラック街駆くる

山のホテル

額の瑠璃山の秋草と苑に咲く

露あをしホテルの厨房苑に匂ふ

わがちかく銀河は澄みてけぶらへる

満天の星澄み銀河苑にながれ

昭和十三年

「馬酔木」より

露のあさ断たれし髪は肩蔽はず

荒るゝ関門　四句

雪荒れて舷梯の階あるのみなり

雪昏らく落潮舷をとよもせり

船名もなく海峡の雪に繋る

吹雪去り峡港青き潮ながれ
泊つる燈に雨降り枇杷の花香り
霜ひかり斑の牛を地にをける
雷火去り火口断層面匂へり
灼くる断層垂直に匍ひのぼれり
火口壁地層を厚く灼け曝らす
潮灼けて歩廊連絡船を置く
夏潮に古き巨船が煤をふらす

昭和十四年

「馬酔木」より

汽車うづみ地上赤燈雪に剳られ

煖房車寝室の帷の裡暁くる

赤倉観光ホテル　三句

星くらき雪に地階の燈がのこる

階の窓雪の深きを見て降りる

雪深くいでゆの階をなほ降りる

北風あをき灘へ舳は峡をいづ

由布高原

牧晴れて由布の霧氷を近く見る

緬羊舎ひとゐる部屋を煖くせり

富士にて　二句

夏炉焚きましろき鶏(かけ)を空に飼ふ

雲がゐる石楠花しろく秋たてり

昭和十五年

「馬酔木」より

冬木の青吾等の塋域標めて立つ

熱き雲面駆けり過ぎ台風来

昭和十六年

「馬酔木」より

鰯雲舷梯のぼるときわする

鰯雲峡の一船として繋る

鰯雲峡港にごる日を一輪

雲疾くとぶ秋蝶を遅らしめ

靴の音わが家にとまらず寒柝も過ぐ

月光に鉄路といはず地に満つ霜

ひとの面に万燈くらくくらくとぎれず

落穂蕊なまなまと指よごす

燈を負ひし児沈丁の香とわすれず

吾子遠き信濃の桜咲き撓む

霧の中ひぐらし啼くを暁とする

玫瑰に信濃はひるも霧が零る

ゆけどゆけど夜の乾草ひろかりき

甥

征でたたす子ろと一夜の蚊帳つらむ

雁わたる吾子鉛筆の音を断たず

昭和十七年

「馬酔木」より

寝がへりし足のつめたさ五位が啼く

笹鳴やひと去りし炉にわれもどる

信濃　二句

湖みればしなの桜散るなりけり

旅の家にかたくりの花昏れんとする

木曾

おだまきや子を負ふ子等と吾遊ぶ

昭和十八年

「馬酔木」より

雁（母病篤くいそぎ上京　三句）

夕焼くる運河ひとゆきひといそぎ

夜々の雁ふるさとに病む母に侍す

母とゐて母は雁がねはやわかず

笹子　二句

笹鳴の羽の幼なき雪をはね

時雨更く市電わが乗る間をとまり

紅梅にわれは征く靴ふきそろへ

寒夜の燈ひとつに母と子とふたり

青簾くらき起居のさわやかに

わくら葉の降るに急なり吾子を恋ふ

昭和十九年

「馬酔木」より

柿すすり山家の秋のきはまりぬ

濤の音障子にふるるばかりなり

霜明くる瓦斯の焰のはげしくて

寒梅や軍服の香ぞ吾子の香

祖母の雛戦厳しき夜を在す

寒梅の花鮮らしや旅衣

経文の行間正し牡丹雪

鶯や居間の屏風もたゝまれぬ

わが住みて野辺の末黒に雛いまだ

わが庭や末黒の雨のしぶきうつ

昭和二十年

「馬酔木」より

燈籠の尾のもとひとりい寝さめて

昭和二十一年

「馬酔木」より

大根ぬく南に雲多き日に

波の音蘆火は消えてもすぐもゆる

寒牡丹寺苑野川を流れしめ

木枯や鳥屋に卵のあたゝかく

炭ひきて心しづかになりゆくを
鶯や沼辺は雨のしげきなり
衣ほどく鋏小さゝよ野分中

「現代俳句」より

佐保山陵

松蟬や妃の陵をうちかさね

昭和二十二年

「馬酔木」より

木の実独楽大小ありてまはり澄む
冬の虹立つ方へ子は田を走る
釘の頭を子が地に打つ冬の暮

炭を出す手燭のそこに山の闇

虹たちて刈田の畦のあきらかに

田に立ちて紅を残せる冬の虹

清水公俊氏逝去後は

この寺に知る僧なしや良弁忌

空にゐて揚羽の蝶のゆるやかに

降る雪に男洋傘さしいづる

年木割山の月夜の濃かりけり

年木割るひびきの暮れてゐたりけり

年木樵るひびき雪降る山をいづ

年木樵るわが低山に雪ふれり

夜の雪い寝むとひとり手を洗ふ

喪の日日やなほ如月の山の崖
紅梅や一途に霰ふりてやむ
訪ね来し男の外套雛の宿
雛の宿雪降る崖を照らしけり
蛇叱る堂守甃の床を踏み
蛇生れて常浄光土雨荒るる
仏達春昼立たし吾歩む
くちなはの追はるるときを青びかる
春の土碧びかる釘あまた落ち
初蝶や一途に吾に来るごとし
花群にちかづき木瓜の花を見る
むらさきの色藤にしてはるかなり

雨の藤昏れまぎれつゝ昏れてゆく

地に憩ふ枇杷盛る籠の間にして

門司

枇杷買ふや霧笛が髪を打つて過ぐ

夜光虫掬ひたる掌にとどまらぬ

流燈のはかなき土を灯しけり

流燈を流すはかなきことを見る

又一歩ちかより立つや土用濤

揚羽蝶砂丘を越えて又逢へり

送らるる吾が遅れて片かげり

「俳句研究」より

修二会

天狼のいでて修二会の星揃ふ
雪の上修二会の僧の沓一歩
修二会堂女人端ぢかくして籠る
修二会の火双眸にもやす女かな
ねむたさの女伏したる修二会かな
雪を来し女人修二会の扉をよごす
雪霏々と行法の火のもゆるなり
修二会僧行法の火にうちむかふ
雪の堂修二会の扉ひとつ開き

「現代俳句」より

冬旅の一歩や鼻緒かたくして
肩かけや解纜の汽笛ふりかぶる
寒き門司舷はしづかに離れゐる
肩かけや白波かぎりなき只中
稲妻のしきりや言葉しづかにて
夕焼けて立つや喪服の手も足も
吾亦紅老いゆく日々を紅ふかむ

「天狼」より

昭和二十三年

蟻地獄かなしき刻の過ぎてゆく
今日生きてむさぼりゐるや蟻地獄

夕焼や葬列なればとどまらず
いなづまが樹々に入らんと犇けり
人の死の如く蟷螂膝を折る
熱のあと鶏頭がたつ悲しけれ
汽罐車が熱き湯もらす雪の上
猫が来て氷を舐りはじめたり
燈を消せば地虫の闇と一色に
砂丘ゆく蝶に光がぎつしりと
罌粟畑罌粟の散ることはじまれり
月に向ひ水を走りて道下る
いちはやく桜紅葉を沼うつす
炎天に老婆ものいふか口うごく

幸福な日には忘れて蟻地獄
断崖を攀ぢ蟷螂は死に逢へり
蟷螂の骸をけば水流れ去る
冬空のけぶり一筋消すよしなし
月が照る雪を真近に熱の夜
凩やをんな近づき来て若し
月光へくらがりの雪ふみていづ
雪の日の厨を汚す犬叱る
墓地いでて冬の町ゆく歩みなる
月入りしあとの海にて河豚の宿
船がゐて雪岳よごすとめどなき
瓦斯槽(ガスタンク)雪ふる町に入りてゆく

駅の燈に入るや雪来し歩みもて
寒の星落ちて情死をいそぎけり
寒卵一つ得しのみ寒つゞく
流水に遅れて落花いそぎけり
情死の上寒の日輪のぼりたり
足袋はかず一日を過す蝸牛
ほとゝぎす夏も咳して臥しゐたり
喪の顔を向けゐる卯の花腐しかな
夕焼に羽蟻飛翔すついにひとり
秋蛍ゆく茫々と沼の上
野分の戸汽笛がうってすぐ消えし
鳰波より先きに暮れゆける

けふ張りし障子に山の闇ふるゝ
鵙叫び立つや雨傘墓にふれ
秋の蝶とまれば何に眼をうつす
栗一つ訣れしあとも握りもつ
「七曜」より
泥の手を垂らして立つや虹の前
うらむけてトロッコ月に車輪四つ
雨の中砧の音が夜へつづく
うしろより砧追ひ来る夜の坂
砧はたとやみたる方へ心ゆく
ものの影露の夜にして濃かりけり
十三夜約せしことも病みて過ぐ

熊ン蜂怒りぶつかる樹々冷か
鶏頭やひと通るとき獣めき
洗髪いなづまきては遊びけり
句を作り夜のいなづまと遊びけり
曼珠沙華炎ゆるとき、消ゆるとき、
百舌声を断てば心の行方なし
面照らす少女に逢へり十三夜
桜紅葉ふむや絢爛たる孤独
凍る沼日々鮮らしき芥を捨て
提燈がときに氷れる沼照らす
沼凍り木魂が夜も遊びをる
犬の声樹々にぶつかり沼凍る

河豚の宿海にむかへば燈火なく
もののみな筑紫の夜やふぐと汁
熱の夜のわが身まわりの雪明り
春月や地上に猫が猫と会ふ
雛の家山にけもの丶夜が来て
雛の家崖は雪ふる業やめず
狐啼くこの家の夜を離います
歩みつゞけ春月の暈を歩み出ず
凍蝶の辺に人の身の歓喜あり
風邪の身を春の日向に捨てし如
用ありて来し高層の冬の河
蝙蝠のうつゝつ醒むる脂粉とく

蝙蝠に行手よぎらる何の予感

地を翔けり蝙蝠夕焼けより遁る

末黒野の粗(あら)草その辺より青む

花過ぎし夜雨音なき沼の方

夕ながきこと切なけれ鹿の斑

松蟬の声の端々かさね来る

蕗切りしあと惨憺と蕗畑出る

こんこんと蟻湧きいづる風大地

青梅に想ひをよせぬ青は佳(よ)し

黴の家没日の刻の真紅にて

黴の中ものも思はず健やかに

夕焼けて牧師の耳朶の女めく

燿ける蜥蜴見てゐて風邪長き
黴の中童女片言くりかえす
汐汲みに夏濤頭よりのしかかる
髪切虫押しつけゐれば啼きつゞけ
汗の身に仏体の冷え恐ろしき
僧房に冷水湛え手を冷す
茱萸噛んではや夏痩の避け難く
淋しきときしきりに来るや祭笛
花茛夜宮囃が夕焼くる
羅衣の紅伽藍の端に童女ゐて
月光や古衣すでに匂ひなし
鱗雲の戸をいづ墓地を行先きに

墓地に立つ野分の落葉美しと

秋の沼むかへば北の星ばかり

ぬぎし衣に猫うづくまる野分の夜

つと燈り野分の瑠璃に貌うつる

十三夜仏眼あまたくらがりに

月明に金堂の闇くもりけり

こほろぎが一跳びに失せ女身ひとつ

冬濤を見し絶壁へひきかへさず

冬濤を見て絶壁を立ち去れり

寒き崖ちかづく蝶を吹きおとす

「俳句研究」より

鶏頭の炎え盡さむと霜の中

赤子泣き運河の中も雪が降る
熱の夜の障子鮮らしきこと切なし
夜の雪よぎりしものを猫と見る
七面鳥凩に挑み雌にいどむ

「現代俳句」より

菜殻火か野に炎ゆる火に近づかむ
松あらし夜へつゞくや衣更
燦々と日に蜂飛ぶや人の死後
鮒を追ひ吾帰るとき帰り来ず
薄翅かげろふ墜ちて活字に透きとほり

昭和二十四年

「天狼」より

虹の天よびし人の名のぼりゆく
風邪髪のほつれに熱き息かかる
旅の硝子隅々までも雪降りて
瀬を越えて来しかば蝶の翅荒き
遠くよりはや胸ひゞく寒の柝
木の葉髪きぞのごとくに手にひらふ
鶲来るや母の手に子のとどまらず
地を翔ちし寒鴉なればや羽ひくゝ
春の森流れを越えしより怖れず
旅長し雪ふる玻璃を指にふき

夜の桜さむければついに吾にかへる
相寄るとき夏鹿の斑のあきらかに
炎天や童女毬つく歌は来ず
髪冷ゆるほどこほろぎの冷えゐるか
月と同じ冷たさまでに身の冷えて
鶏頭の炎ゆるを以て冬近し
縄跳び激し少女に冬日もどり来ず
「七曜」より
毛糸編む少女と隣り伊賀駛る
藁塚が見てをり道を迷ひをり
師の部屋を涯とす冬の荒磯に
い寝むとす冬濤ちかく師にちかく

師を措きて冬波措きてかへるかな
子を禱るとき金色に枯木立
氷る沼郵便夫現れいそぎけり
寒三日月記憶そこより断ちきられ
祖母死にて少年狐火を怖る
死にければ人亡し倚れる枯木星
霜の土死の一角の暁けはじむ
紅さして大寒の日の身をまもる
月光にありし蝶ゐず岩明くる
月光が死蝶を照らす岩と共に
凩や老婢の寝丈よこたはる
抛りあげし蜻蛉翔りてすぐ落ちぬ

藤懸るを天より地まで見下ろしぬ

春日や墓地に在ればめつむりても墓地

桜吹雪どこまでも夜の地(つち)平ら

何訴ふる桜の幹を猫爪(つま)搔(が)き

老いし髪ゆたかに花も散らさずに

思ひ出す燕はみんなこちら向く

一歩にて春潮荒らぶ艀の身

夏濤にま向ふ吾はいつまで在る

黴の身に一片の香薫きこむる

蝶三つもつれ落ち来る三つは悲し

母ゆ享けし普門品黴たちのぼる

蟇闇に女あるじは句を案ず

わが通りすぐとき沼に銀河あり

郡山古城跡

いかなる日も古城は悲し青蜥蜴
古城といふ美しきもの崖に蜥蜴
土用粥たぎらせ老婢かたくなに
祭笛里居の老婢はや帰れ
蛍籠一夜に人の遠くなる
河渡る夏野の騎り来し迅さもて
秋の蝶くきくきとわが髪を過ぐ
秋ふたゝび黄蝶に逢ふ瞼やせ

夫十三回忌

海近く一本の曼珠沙華流る

雨の鵙姿を見せて啼き去れり

夕炉火を激しく焚かむ吾とがめそ

いのちなき斑猫の身の彩湛え

風花ぐせその時いつも鶲ゐて

身を入れて霧の燈の輪のあたゝかく

うろこ雲煙一筋つき上ぐる

路線よぎる誰の肩にも鰯雲

祭太鼓雨は激しく子をうつて

月光にわが息ばかりあたゝかく

驟雨の香少年の香のバス駛る

青髪をずたずたにしていなびかり

真紅のばらゆるされて折るはゞからず

三日月の地の涯死なば逢ふ夫か

童子林檎嚙る冬日を落しつゝ

縄跳びはげし少女冬日を炎したり

ふたり子へ二つの愛や菊赤黄

高架ゆく汽車はつきりに時雨る街

「現代俳句」より

虫干や美しき帯長く重く

愛さるゝ如油虫ひかり飛ぶ

「短冊」より

わが前にうしろに野火の炎えて見よ

昭和二十五年

「天狼」より

橇を引くいつもうつむく声音して
恵方といふ人の歩みの方へゆく
入学の坂流水と駆け下る
一握の砂にて埋む蟻地獄
露によみはじむ荒息知られぬため
冬の金星吾より先に孤児が見て
枯枝拾ふ疑ひもなきけふの吾
冬の旅屋根のクルスのいつまで見え
霜の上鑿またぎしをあとより怖る
凍蝶や大地日当ること忘れ
いなづまの夜の明けはなれ蝶の骸

嫗の死吾との間に桃盛り

海南風衣袂鳴らして夫の死後

牡丹の緋切りてすなはち左手に重し

惨酷に刻たつ蟷螂雌に抱かれ

群る丶蝶旅に人の訃追ひ来たる

渦潮に立つ海恋の眼をひらき

露飛び立つ鳥は胸に脚たゝみ

月光より火蛾を聚むる誘蛾燈

白露に硝煙の香の走りたり

蟷螂とゐて盤石の熱(ほて)りはげし

洗ひ髪月明暁にまで及ぶ

二階欲し雪降る天の果て見たく

「七曜」より

林檎嚙む霧笛は谺あそびして

林檎嚙る母の歯形のところより

一足の足袋買ふを鏡うつしてをり

懸け大根オリオンの端地より出で

落ちはづむ木の実に誘はれてひろふ

辛夷の天降り来る雪の隙間なし

女の鹿は妊りゐるか枯はげし

寒牡丹傷つく蕾紅犇く

霜夜童女わが手のとゞくところにい寝

はや寝つくか凍夜の枕かへしもせず

ものみなの枯れて了ふ今日以後も生く

坂下る春星いでし高さまで
修二会の闇火（ひ）採（とり）男（を）身より焔をのぼす
紅梅の一枝を挿して影つよし
梅雨傘をたゝみすなはち波郷の前
てのひらを穂先におかれ泉湧く
藤房の切先揃へ額（ぬか）に来る
負けし子がつかむ黄麦の穂の熱（あつ）く
野分中しづかに言葉うけられて
日盛りや身擦りて匂ふ青柏
まぎれては吾亦紅立つ青野分
息ひそむ野分の蝶蛾と共に住む
老いゆるさず天よりも疾く凌霄灼け

露に指しびれ来記憶追いつめる

忌の一(ひと)日其後も秋の蚊帳くゞる

蟻地獄一握の砂にて埋め足る

少年のものにて蠶蛾の産卵つゞく

折り持つを里子がしびとばなと囃す

冬虹の切れ端として地勁(つよ)し

沖波白ら立ち寒き一湾にも溢る

寒潮にいまも安んじて群ら鷗

翁斧うつ年木かつかつ自ら割れ

楽しくて蜜柑の酸ゆき嫗の眉

「俳句研究」より

にはたづみわが羅に彩(いろ)そむかず

かなかなや朝髪冷ゆる藻の如く
仰臥する顔草高く露高く
蚊帳の夜末をとめにて吾に遺る
家の中部屋のわかれて虫しげし
露寒し仔鹿跳びても跳びても露

「現代俳句」より

雪原の汽笛みぢかく余響なし
雪原の燈のなき汽車とすれちがふ
旅の松夜空に雪用意して立つ
コートぬぐ虫の端に炉火がもえ
雪構へしてぞ母屋をへだて住む
降る雪の音か枕に耳あつる

汲みて賜ぶ雪の井水のゆげ立つを

若さかくさず炉火に歯皓く論つよし

旅の扉のひらかれストーブくれなゐに

雪嶺を雨に隠され訣るゝ日

かりかりと凍雪を搔く虎落笛

冬旅のオリオン菓子を買ひてをり

ひとの傘の裡の歩みや雪ふみて

風雪を欲れど捨身の旅にあらず

太白と雪山同じ程に暮る

雪山に汽笛の谺うちあへり

マスク除(と)る大きく息をつかん為め

死はそこに深夜の林檎戛(かつ)と割る

昭和二十六年

「天狼」より

雪つぶて手ごたへあつて手がしびる
初蝶の宙にて風につきあたる
地に降りしばかりに蝶の翅汚る
雨激し鶯啼くをやめられず
群衆をぬけ出る花火旺んなとき
一木の落葉はげしくちかよれず
地に着きし薊の絮のふたたび飛ぶ
地の窪の木の実ら共に日を失ふ
冬雲雀野の池に雲ぎつしりと

鶫群れ鳴く見ればわが頭も雪ふれる

深雪の下水一徹に鳴りつゞけ

前田旧邸にて

廃園に立つ雛の日の笹さはぐ

鍵入れて雪の鉄扉の裡ひゞく

雉子鳴くや林中に応へるものなく

旅によごれ雪解光りを身に反す

僧身のさへぎる修二会の油火のび

星なくて修二会の闇の天へつゞく

恋猫に山の月光小枝もかくさず

水中に梳らるゝ洗髪

よるひるの枕や夜は地虫啼く

睡りを待つ地虫のこゑのとぎれもせず

流れに髪浸けて濯ぎて畏れもなし

星集りて梅の莚の上通る

梅莚星を疎らに北の天

電光の触れて消えたるガラスのかけら

滴りのつよさ一壺を満たしくる

夏たんぽゝ手をつけば濤とゞろけり

硬山(ぼた)燃ゆ短夜を寝ねばならず寝る

薔薇崩る激しきことの起る如

旅の歩

旅の歩をどんたくしやぎりに切替へる

干梅に星がかがやく明日(あす)も生きる

破れ蝶身を以つて高さ持しにけり

水汲女ゐていなづまを浴びどほし

唖蟬のとぶとき不幸見られたる

炎天来る車輪の音にさへ負ける

ほとゝぎす楽しき顔にかへりたり

洗ふ髪流れにつけてすぐなびく

K氏夫人に数年振りにて会ふ

老いともに西日の電車に袖が透き

何処へかへる群集天の花火尽き

紅毛の子に桔梗の花ゆだねる

一本の桔梗が立つ不幸の中

秋風に身の香なきまで吹かれたる

寝がへりて冥き方なるちゝろ虫
解纜や寒き船内燈を充たし
逃ぐるとき翡翠の胸緋をかくさぬ
しきりに眠し蟋蟀がこゑとぎらし
寒潮を桶に充たし速歩となる
一羽を憎み刈田の鷺のあらそへり

「七曜」より

ひとり見て生きる銀漢冬もさだか
時雨日洩らすすなはち童女髪金に
紅失せず手燈向けられし梅疑き
七面鳥雄叫び霏々と雪疾め
髪疼し寒星増えくるとめどなく

雪天にて鷺の細身の立直る

母と子と鬼追ひしあとしかと締め

悲しきとき頭勝ちの鳰のすぐ潜る

雪解雀飛べば一方へ風つよし

野梅ばかりめつむれば昨日梅紅し

紅梅の無言昼となる夜となる

菜殻火燃え吾との間の闇ひらく

笑へる雛もつとも低き階につく

四月盡病みて敷布に皺はぢく

人へだつともかげろふに透き透きて

粗土を壁がこぼせる牡丹の昼

船ありしあと春潮の隙間なし

青蘆原道が断たれてなほゆくべく

薔薇を去る忘れ捨つべき世の如く

衣更さびしき崖の立てりけり

ぶんぶんが夜髪に縋る脚纏らし

夜髪解くや花框の香のまたつよく

芍薬を嗅がむとするに咳先だつ

淋しさが目鼻つきぬけ夏蜜柑

咳をして遠賀の蘆原旅ゆけり

髪結ひて祭の坑婦昼眩しむ

青柏蛙が青きゆゑ泰（やす）し

花ジャガタラ蝶がゆきては蝶たゝす

わが触れし激しき虹を天へ帰す

風荒らく過ぎては罌粟を散らさずに
夏の風邪蝶に翅音のありにけり
日のひかり月の光蛇の衣透す
蛇の衣青槇よりおろさば砕けむ
日盛りや翅ひゞかせて蜂かへる
手花火の煙上げしを人に知らる
睡き瞳に花火の天がずり落ちる
梅筵沼より星の移りたり
九月の草野鹿没し吾ゆきて没す
曼珠沙華唐招提寺すでに日なし
友食べて蟷螂斧を舐めあかぬ
一つ椅子寒き餐燈の輪を被る

小猫にて蛇も幼し闘へり

翼張り飛ぶ鵜と航(ゆ)きあひてまた冬海

かはせみの遁れんとするかくれなき

きれぎれに在りていづれも蛇の衣

「現代俳句」より

子雀とゐて身の細き母雀

扉(と)が雪に押されて開かず旅一夜

雪の上に引出され山羊の汚れはげし

日充つれど冬田麴つく処でなし

いちはやく雪白くなる崖の傷

風に波立つも氷らむとするも沼

氷解くる音立てゝより沼うとまし

旅かへる手袋片手失ひて

神戸港にて

フランス旗も貨物も曇る巣つくる鳩

文庫版「海彦」より

暁は夕暮に似て白蛾の翅

さんきらい草刈女また傷つきて

凩(こがらし)がゆきては星をかき鳴らす

秋燕の一羽一羽のつよき翼

野分波しづまり難し濁りあふ

翡翠の濃き彩(いろ)にしてとどまれず

別々の冬波に乗り漁舟づれ

青と赤の彩(いろ)わかれ独楽(こま)ゆるむ

何もなき冬浜誓子のひとつ燈つく
わが息のみ冬浜の暮れとどまらぬ

昭和二十七年

「天狼」より

毛糸の足袋ひとり立つことはじめけり

宇陀野御幸

冬日の畦ゆき逢へるみな君を見し子
相迫る冬山滾ぎつ瀬をへだて
凩がゐて噴水を憩はしめず
少女となる眉よせ露の反射する
颪収まる雪嶺ぴしぴし枝を折る

四方の枯野暮るゝは雨戸締めし後

寒雀一羽失ひし群を率て

母と娘の頭上に桜重きかな

帆綱つかむ前向く燕うしろ向く燕

頭上蔽ふ一樹に椎の花満てる

芽出す籾水層一寸をへだつ

浪の上一蝶のなほ還らざる

向日葵の花のつめたし暁発ちぬ

木下闇仔鹿が駆けて陽漏るゝ

炎天に音なし身ぢろぎもせず

人中へいそぎつつをり花火受く

手花火の火を手花火に継ぎうつす

手花火の尽きるを山の闇が待つ
雄の虻の横暴薔薇に押しわけ入る
少年銭得て葡萄の種吐き吐く
青蚊帳の裡をともしてあと燈なし
虹住む山我住む山のつゞきけり
草に音あり吾に秋雨まだふれず
炎天歩く駝鳥がかすむほど遠く
渡り鳥一羽遅れしまゝの列
祭囃子遠くなる今笛の音のみ
花野過ぎ落葉松林に入りて透く
秋草に浅間嶽隠る下りつゞけ
枯野の汽笛波立つ千曲渡り来て

「七曜」より

童女爪立つ風船の糸伸び切つて

啼きゆく雁夜の沼の光りしならむ

雁を待つ沼夜となる昼となる

過ぐるとき寒星充つる潦

凩が追ひぬきゆけり鶏駆けり

夕焼くる寒雲知れる聖母なし

聖母の咳ひくゝ吾胸ひゞきけり

油火の一つの火立ち馬屋の主（エス）

我手の影聖母の金魚ひるがへる

聖母の歩に寒星しづかに従へり

雪の上に鹿暮る一つ一つ位置占め

風邪の枕低し雪ふりやまぬかな

寒雀の羽音たしかに風邪癒ゆる

雛ふたつ病める畳の上におく

百千鳥鴉おのれの枝摑む

伽藍の屋根尾さげ嬉しき恋雀

春の海粗朶に入り来てやすからず

春日の海堡白波の中白波あげ

冬の河渡る央に照りきはむ

青野に鹿群れゐることのやすらかさ

揚羽蝶どこにて揚羽蝶にあふ

紫雲英(げんげ)に足没し立つ遠くの鴉も

雌(め)が招きわが斑猫(みちおしへ)たちまち外れ

蜥蜴走る光も影も失ひて

醜の翅を日に搏たれたる日蔭蝶

菩提樹花下くゞりて旅の道曇る

籠りゐる燕の尾羽の巣に尖る

揚羽蝶屋に迷ひ入りしも薄暮のこと

田草とり土地の青に溺れをり

夫の忌燕負ひくる九月の天

花火ひらきつゞく帰ること思はず

池田浩子を悼む

炎天を揚羽翔けいそぐ処女逝きぬ

炎天を負ひし面影笑み崩さず

芙蓉にくる褐色のみの田舎の蝶

大足の羽抜鳥にて遁走す

踊り子の眉紅つよしはや暮れよ

身を屈むときに踊りの輪が翳る

使ひにゆく方(かた)へはたはた追ひ飛ばし

葡萄樹下西日が処女さし透す

葡萄採り去りたる畑霧が満つ

虻のこゑ被り身低め葡萄採り

葡萄畑男が走る褐色に

「俳句」より

天にゐる尾長き爪よ祖母吾が欲る

恋猫に雪がとびつく野の闇より

白鷺あらそへり寒天音もなく

雪降る闇いなづま走り乱れ出す

修二会の鐘闇に羽ばたく夜鳥ども

暁(あけ)の虫媼髪梳きあかぬかな

炎天にむらさき多し木槿(むくげ)咲き

千本の手を秋風に観世音

牛乳に火蛾の飛び入り溺れし疾(はや)さ

文庫版「海彦」より

母が焚く炉よがうがうと根本の株

月光に風花さわぎしことも過ぐ

鹿と鹿との間(あひ)に雪降る野にも降る

恋猫のゆく闇何処も雪降れる

鞦韆を父へ漕ぎ寄り母へしりぞき

草木瓜は地(つち)にいこひて見るべき花

帰らむいざ同じ青野を同じ馭者(ぎょしゃ)

藤たぐり降りる足なほ地に着かず

わが百合(ゆり)に花粉通はせ山の百合

いつぴきの金魚となりていのちながし

万緑や斧うつ音を一時断ち

穂(ほ)絮(わた)いま楽しげにとぶ地を忘れ

寧(やす)らかに浮巣が波にゆれつづけ

炎天を乙女駆けりし風一筋

青蚊帳に馬追が啼き青さちがふ

炎天に燕が飛んでかすむなり

秋草に笑ひどほしの乙女撮(うつ)す

祭囃子遠くなる笛の高音のみ
咽喉裂けて憎まれ鵙の啼きつづく
一眼にて他国者なり胡桃掌に
胡桃割る力のなくて持ちつづけ
雀らに夜がしりぞく霜の上

昭和二十八年

「天狼」より

虎落笛過ぎし天より鴉下る
急流に泳ぎ落ちゆく頭が見えつつ
冬の山犬吠え谺にぎはへり
秋燈移すその部屋を暗闇にして

風邪臥しとみそさざい暮れはやきもの
露の中いつまでも燃ゆ焔もつれ
廃墟の階ひとり毬つく子のものにて
水仙の香つよしその部屋に寝ず
寒月に従ふ燃ゆる火星にて
天寒し透ける翡翠を身につけて
冬銀河死なばゆくべき道にして
桜大枝切りし男の肩に重し
飛びつゞける翡翠枯るゝ蘆花ばかり
冬帽の群にわれ探す瞳と会ふ
洗い髪ぬれをり蟇に仕へられ
折れ曲るたびにせゝらぐ春野の川

藤うつりをらむか暗き淵のぞく
梅雨の谷戸僅かに見えて海荒れをり
入日光身伏せて麦を刈りすゝむ
帷子の折目老いの身が清しき
車窓涼風母子の髪のなびき同じ
白露や身うごきもせぬ蟻地獄
地に触れて夕顔ひらく雷のあと
熊ン蜂闘ふ宙より地上に落ち
沼が澄む足もとまでも星満ちて
月光る桶ビシビシ奔る牛乳(ち)享けて

「七曜」より

鵙啼くやつめたき空気に眼を張つて

枯山中午日に犬の毛が灼けて

足遣ればいつも冷たき蒲団の隅

冬浜が日にぬくむまでの千鳥と吾

雪嶺となりたり手のとどくちかさ

雪原をかへる奪はず奪はれず

息あらく枯野を来しがなほなかば

頸うづむ春着の何処もつめたくて

吉祥天女暮れませり寒き光に出る

仏堂に身が冷えきつて暮光に出る

わが飼ひて恋猫かへる雪山より

冬銀河見てゐてつひにあたゝかし

紙漉女老いてまくろき髪の束

桜に一斧一斧わが世見過すまじ
崖なめらか春潮駆けのぼりては落つ
老雲雀日を逐ひ逐ひて高空に
遍路笠海風あふり松風押す
嫗濯ぐそこより尚春水が下る
一蝶の飛翔万緑に消され消され
雨風の日万緑にうちかこまれ
麦かつぎ土堤にのぼれば帰路の足
農夫婦足もと水漬きどこも梅雨
梅雨青葉わかれの刻のあざやかに
春の蟬素手にてつかまむとして遁す
浮浪児を追ふ噴水の広場より

麦の束さやさや乙女速歩なる
吉野青し草刈女泳ぐ衣をぬぐ
月輪を蝕みゆくやわが地の翳
沼の波光に執し月欠けゆく
夏書の筆盤（ママ）若の字劃多きかな
夏書の筆穂長夫も長身なりき
施餓鬼供御沼の流れの行方なき
荒草や炎天の雀群さそひ
羽抜鳥地のぬけ羽を嘴（くち）くはへ
羽抜鳥羽落しやまず敵の前
オリオンが頭向け落ちくる露大地
千鳥のむれ散り集（よ）り野分の波の痕（あと）

顔知らぬ雀よ鳴るは坂清水

稲刈る手許夕焼け月も光り出で

ものいへば赤くぬれくる寒き唇(くち)

凍壺継ぐ絵の水鳥の頸あはせ

毛糸にてみどり子裹(つつ)む手も出さずに

「俳句研究」より

樹上のをとめ林檎を呉るゝ限なき紅

露の蝶わすれられゐるやすらかさ

旅一と刻こゑあげ墓地に胡桃拾ふ

脈うつやふところ手もて乳二つ

朝の畳足袋なき足に風当る

「俳句」より

雪野ゆく同じ姿に裾吹かれ
乙女長靴深雪に水汲む吾がために
雪くぐり漉場くぐりて水去りゆく
吾旅人掻く炉ぼこりに馴れきれず
雪焼け子よポケットのパン上から押さへ

雪原をゆけば村ありて

綿つむぐ嫗ものかむ顎うごかし
綿つむぐ嫗耳しひ眼しひ生き
白飯綱天にす霞に鶏汚れ
白飯綱野馬駆くるところ地傷つき
雪山見る雪の平らにわが立ちて

雪解(ゆきげ)の裾乾きては又旅ゆけり

雪山雪野五日月なる明るさに

バス照らすは谿よりの樹頭まだ芽吹かず

氷湖(ひこ)解けし諏訪をうとめば虹立ちたり

公魚の漁初まる

春日漁夫真絹の網をひきしぼり

塩尻峠に登れば日本アルプス、裏富士、
八ヶ岳一望に見ゆ

雪凍る嶺に対ふ秒音きざみつつ

林中に入り雪嶺見えざる心寒さ

文庫版「海彦」より

枕木に隙く天龍の冬の浪

いそぎ来て諏訪湖(すはこ)の凍てに間にあはざりし

指浸し氷解くる諏訪の濁りに触る

単衣着て燈ともしてこの寂しさは

淵に泳ぎ処女の髪のまだぬれずに

ちちろ虫汽車過ぎて後まだ啼かず

寒き落暉群羊一つだに残らず

「天狼」より

昭和二十九年

冬霧に歩みをゆるむ何いそぎゐし

寒き沖忘れむレールまたぎ帰る

雪降るや同じ平らに氷湖凍田

火の山につゞく雪野に足埋め立つ

雪解天竜虹の断片遺(のこ)したり
鳴らし売る独楽をしばらく見てゐて買ふ
猛りゐる独楽止(とど)め呉れ我が買ふ
男立つ勝鶏抱き負鶏抱き
一斉に冬鹿の耳怯え立ちぬ
髪老いし仲間羽なす楓の実
緑蔭に部屋あるごとく人隠る
藤濃き森風さわげるを惧れ入らず
百合近し崖を深笹かくしゐて
露無限身の力かけ刃ものの研ぐ
わが船路南風の白浪沖にも立つ
精霊舟行方を指せる舳ありけり

いなづまなど豊かなるもの旅に欲る
師の歩みいづくへ向くも青き淡路
白雲の峰々翼はゞみをり
地上に降り夏の白雲天にかへす
渦潮を一舟日覆傾け過ぐ
かへり見る南風の門波の渦巻くを
渦の上鱚舟同士ゆれあへり
鱚釣つて八重渦潮の上をいでず
渦と渦のかゝはり南風の鳴門おもしろ
地蔵盆わが赤燭も焔をならべ
をどりの衆影を屈して身をかゞめ
思ひのみ生々風邪の衾中に

夜長機(ばた)糸が切れゝば糸継ぎて

「七曜」より

冬日いつぱい追はれるとき緬羊も走り
冬日燦々緬羊の群みな妊る
夫婦・犬緬羊追ひ入れあと冬野
食ふせはし緬羊に寒き落暉のび
除夜の門(と)を閉しオリオンを野に放つ
つく毬の外(そ)れては歌のとぎれとぎれ
わが猫を誘ふ枯野に白猫ゐて
枯るゝ蘆かき抱きては鎌を入る
帰るたのしさ月の霧より息白く
めつむれば雪夜の追想戦火にまで

冬旅や白昼の燈(ひ)を燈台に見て

髪洗ふ除夜のラジオの黒人霊歌

寒き湖光切なし凍てゝしまへよ

友の子の風邪の柔髪まさぐりて

桜濃し仰げば雨のひた漏りて

枯笹山踢めば隠るたはやすく

鶯や書けば一日うつむいて

春の畦ゆけば我ためにある如く

若布(め)刈(か)る男(を)の竿ゆらゆらと眼に高し

桜濃し老いし日輪その上に

われ去れば犬も去りたり桜の園

春苑を見て鉄柵に子がさかしま

旅もどり来ぬあぢさゐの藍と紅
髪洗ひ立てば蛾が来ぬわが家なる
跳び跳べる仔鹿万緑もて隠る
梅雨はげし鹿総身の雨ふるふ
毛紋かなし濡れて乾きて仔鹿の背
梅雨の川たぎつ底のみの明るさ
暁や蜘蛛のねむりを露とぢて
炎天を仰げば鉾のゆらゆらする
青炎天祇園鉾来る笛きこゑ
眼前を祇園鉾過ぐ待たれしもの
鉾囃子近づきてすぐ過ぎゆくもの
群集に祇園囃子は高ゆくもの

みづからの鬱に抗ひ葡萄照る
裸子の片言雷雨の端とゞく
蜂の羽音昼寝母子像抱きあひて
雲の峰いつ蹤きききしや捨仔犬
月影をかさね了せず人と人
紅蓮獲て泥足つよし母まで駆け
夜長機涯なく織りて涯思はず
何織らむとするや夜長の機かたかた
猟夫歩み雉子の重さの腰をゆり
白息や子守唄祖母・母より継ぐ
「俳句研究」より
宙にまだ低き翅にて露けき鷹

黒髪のさらさらと秋いつ来てゐし

眼前を過ぐる秋河堰に激(げき)し

秋の暮一詩に執着してをれば

ゆらゆらと風の鶲の枝を摑み

息若き新酒つくりよ雪止まずに

雪眩し帯緊(きつ)きことが胸を責め

雪やゝ明し人行く方に鶏鳴して

「俳句」より

冬日の顔ひとつ横向く母の顔

掃除婦来て霜の大地の白さ消す

鴛鴦(をし)撃たる雄の紅冠のねらはれて

黄落や日の没る方(かた)に光満ち

風吹くに現れては櫨の花ひそむ
一瞬の菜殻業火に額焼かる
入日野に衰ふる菜殻火烈しき菜殻火
増苑やほしいまゝなるアマリ、ス
露白光遅れ来たりて十字切る
露の玻璃神父に赤光孤児に紫光
懺悔する跣の蹠揃へ見せ
ねぶたさの仔牛の肉鼻阿蘇青し
野の青さかの馬の如吾も暮れつゝか
火口暮る燕のこゑのつばらにして
夏白雲ゆれどほしなるわが翼

文庫版「海彦」より

雪頭巾して寝るをとめ顔あげよ

霜腫れの指折りかぞへ数へ唄

遠き群れそれぞれへ急ぎて鴨翔ける

われ倦めば寒湖の鴨の水走る

雀の歩しばし寒天造りに蹤く

雪沓をはけば新雪切々と

袖あはす胸の隙より雪くゞる

雪の日の厚きぬりごめ糀室

新筵糀が生きる息ぬくし

厠に神小餅かさねて燈をかかぐ

わかれゆく寒湖昏きに鴨が浮く

来るを予期せし寒念仏こゑを断つ

涅槃の天暮るる鴉が羽いそぎ
月凍る千曲・犀川車輪にかけ
旅の背をかがめる樹氷低ければ
をどり太鼓いまだしづかやばち觸れねば
燈を失ひし蛾や月光を得たりけり
木の葉髪白きをまじゆ師と共に
雲の峯わが胸もばら色を消す
醜さがつよさ向日葵逆光に
うろこ雲翼あるもの追ひ追はれ
夜長機筬の青糸はた紅糸
道相似たりまんじゆさげまどはせり
全身の濡れ冬鹿の雄の眼見る

昭和三十年

「天狼」より

黄落を投げうつ如く惜しむが如く
枯吉野たぎつ瀬碧瀬水脈走り
寒き宙羽音かさねて鳩の飛翔
寒落暉鳩舎扉開けて鳩を待つ
フィルム負ひし鳩雪嶺の何処か越ゆ
旅鏡ひらく黄落この中に
冬虹の太根や沖に沖ありて
毛糸編む人の孤独に入りゆかず
凍らむと沼朝焼けて夕焼けて

木枯や涙は鹹（しほ）とすぐ乾き
万燈守行きて一燈づつ増やす
人の中万燈の中歩をかへす
万燈籠消ゆるを消ゆるまゝ継がず
風邪の燈の虹彩昼寝て夜覚めて
蟇に燈を洩らして母の物書く音
狐の鼻いづこを嗅ぐも凍つる檻
沼波だちて鳰の中知らぬ鴨
蠅化粧（けはひ）あかざるを後（うしろ）より打つ
海女うかぶ刈りし若布に身を纏（ま）かれ
顔老いて春の潮より海女うかぶ
恋敵をいぢめにいぢめ猫かへる

追へば油虫わが句帖の上通る
昏れて野風宮址の石の熱(ほと)びさます
手をつきて我遊びをり緑大地
たどりつく寺高草は露乾き
匂ひ失せしをとめ滝よりつれもどる
嫗炊く茶屋つらぬきて滝の白
女リヤカーにまぐろの尾をどらせ

「七曜」より

風邪の眼に数へて十二昴星
人の顔近し老い見きおでんのゆげ
おでんのゆげゆらぎて虚ろ抱きけり
赤蠟をともし聖菓に焔乗る

少年のうつ鍬あそぶ大白藤
寒き眼吉祥天女にまたゝきて
万燈籠かりそめの歩を揃へざる
万燈籠急けば波うち佇てば瞬き
万燈をかへり見るすでに過去の燈多し
万燈を継ぐ油を継ぐ火を老い手にす
万燈守老いの背骨の凍み如何なる
消ゆるとき遠し万燈の万のまたゝき
人の貌見むに万燈の暗さよ
侵されず風邪の衾を盾として
母子の衾界わかたず二月尽
春が来る嵐や生きて何を恋ふ

波津女夫人に

ならび見る冬虹の根の滾々と
憩ふ海女身にかげろふのもゆる知らず
一本の綱若布の底の妻繫ぐ
若布刈舟を濡れ妻ぐるみ陸へ上ぐ
曇天や辛夷の匂ひ地に下る
曇天に辛夷傷つき花ふれあひ
折れば曇る辛夷や母が饐膚恋ひ
曇天の辛夷萎えゆく万花もて
辛夷万朶父しらず母のこゝろわすれ
星合や老婢の楽寝五尺足らず
麦刈るや泣くみどり児をすぐ聴きわけ

わが殺せしげじげじおけば鶏が来る
碧揚羽刻(とき)だだ洩れに吾あるとき
百合香吐く夜の崖下を通る者
鵜舟追ふわが舸子の意のはげしさ
漁りの鵜の修羅篝高照らす
鵜の篝どつと近づき鵜ごゑもす
立てば炎天野よりも低く宮地掘る
風化刻々発掘宮址に野のぎす鳴く
照りかへす巻尺礎石の位置のずれ
木菟まろ眼いま覚めきつて月冴えて
何見るも顔より向けて月の木菟
月光へ一と羽ばたきに木菟去りぬ

ゴム長にて秋刀魚の藍のなだれ堰く

藍ぶちまかれ一つ一つが秋刀魚

秋刀魚競るにまかす両手無為の海人

陸も野分魚臭うばはれ海人立てり

瑞の秋刀魚なだれなだれて値をくずす

藍の秋刀魚選つて若しや唄なくとも

秋刀魚選りゴム長の腰おろし難し

朝日赫々老醜がまぐろ競り落す

赤シャツ見せ老婆の衣（え）紋（もん）手に落穂

をとめ廿才（はたち）秋刀魚を選りて瞼重（お）も

風蝶も旅人も貧（ひん）秋刀魚競り場

丈長の稲負ひいよいよ腰曲げる

「俳句研究」より

唐招提寺

寒雲が伽藍退く盲ひし像

枯山中戸の開くたびに赤子のこゑ

妻の猫走りて白し枯山中

還らぬ鳩よ大阪に寒き夕焼河

「俳句」より

葡萄樹下母乳とくとく子に通ひ

渦に入り渦を出られず曼珠沙華

刈田に泣きわめき祖母の唄奪ふ

故なき不安暁みどりにわが衾

藤の枝に手懸けすがれば身が軽し

戦時にて金と見し花南瓜咲く

油虫思慮を深げに触角伏せ

寝なければ寝なければと地虫鳴く

あさがほの雙葉が掌あげ吾頰づゑ

文庫版「海彦」より

一舟に昼寝の海女と波の上

金色（こんじき）のほんだはらなほ海女深きへ

濡れ惜しまぬ海女の長髪潮いづる

光の奥冥（くら）しや雲雀落ちし天

土ふまずなしぴつたりと麦負ひ立つ

巣燕わめくいま餌を獲しはどの口ぞ

麻衣六十路（むそぢ）の影の鵜の匠（たくみ）

べたべたとぬれ鵜つかれ鵜鳴き歩き

帰燕啼きたまるこゑごゑ天狭め

石蕗(つは)の絮(わた)宙にきらきら二人遍路

冬遍路憩へるに吾何いそぐ

側に五十路(いそぢ)冬日の遍路急がずに

遍路笠の裏(うら)なつかしや冬日にぬぎ

千鳥の跡遍路も足を内輪にふみ

夕焼に眼ひらく遍路笠の裡

冬日蝶翔ちて海風おどろきぬ

ほうほうと石蕗の絮翔つ崖の宙

昭和三十一年

「天狼」より

水欲りて目覚む岬の夕暁

仰臥の胸十指に蔽へず崖飛雪

山の冬子供のこゑに日が当る

冬日蝶宙にこゑある如くなり

野の猫がひそむ床下風邪癒らず

猟人の手にて銃身艶めける

「七曜」より

濤を聴く瞼に冬日ぬくし赤し

濤さわぐ鵜のゐる岩も吾の岩も

洋(わだ)に落つ大日(だいにち)冬濤かきたてて

冬薊句帖に載せて蕊複雑

綿虫の宙に暮れゆく素直さよ
猟舟に瀕死の鷺が羽うちたり
こめかみをがくがく猟夫飯食へり
猟舟に鴨置くすぐに雪つもる
猟夫臭はげしわが髪に浸まずや
猟舟に身低うをりぬ白伊吹
遁るる鴨猟夫の眼中を翔くる
鴨のこゑ吹雪千(ママ)分けて日射したり
身がしびる猟夫の殺気ゆるすなり
鵜群見て立つ翼なき黒衣われ
草木瓜のさびしさ女童にも摘ます
羊の毛刈る伏眼のまつげは刈られず

高野の虹そのいのち短しとせず

夕顔のひらく白芯何秘す

あきらかに左眼に充つる青野分

夏野戻る発掘宮址ともにかげる

「俳句研究」より

照る蜜柑千万をもて山低し

蜜柑山我ら下りて夕焼くる

墨すれば蜂とぶ近く巣がありて

肉血にゐる家蜂を恕らさず

いなづまを惜しみて放つ雲立てり

「俳句」より

海蝶に逢へり岩群寂しき中

蕎麦打つて生々木砧の重たさよ

冬薊葉の斑をもつて我に触る

吾隠れて了うすや冬の千五百歳

冬遍路きぞの日遠く明日遠く

遍路下るさきに登りし道の険

文庫版「海彦」より

青木曾や山墓はみな村へ向く

「天狼」より

昭和三十二年

海より直風枝纏きあひて椿林

炎天に父よぶこゑとはだしの音

棒呑みの獲ものの翡翠(ひすい)の身に収まる

「七曜」より

泥男鹿あへぐ腹より乾きそむ

泥男鹿岐れし小爪の先までも

泥男鹿恋ひごゑ宙に放ちけり

泥男鹿ひきすゑられて角伐られ

泥男鹿泥毛一塊づつ乾く

手鏡の中に枯崖さかさにあり

雪降る視野楢の荒膚(ラ)ばかり立つ

寒三日月双刃鋭し信と疑と

舟漕いで渦潮に乗る妻を低く

「脚下照顧」昼虫のこゑ立ちのぼる

秋の蝶焼きすてしもの黒々と

虫しぐれ懐中燈に血透く指

くつわ虫崖の根ひとの燈に許す

秋蛍崖と樹にゐて照らしあふ

蒟蒻掘る夫の猫背を聳えしめ

蒟蒻太る地上に一葉大破れ

日ざらしに蒟蒻薯よ土塊よ

「天狼」より

昭和三十三年

春日燦潮垂る沼井(しゐ)の底おもへ

あやまちて穂架下りくる塩田に

遠夕焼塩屋(しほや)塩水母液たぎち

千鳥ばらまく波来ては波退きては

会ふ近し海蔽ひくる渡り鳥

犬の前肢雪掘れば赤土(はに)赤土は固し

白鳥の胸下の湖昏れてゐる

友の鳥飛び白鳥の胸下昏れ

万燈群一裸火(はだかび)のへろへろと

下半身ゴム衣海苔採女(め)の授乳

人形師ゐて人形の菊匂ふ

香が立ち籠り菊人形完成す

声出さぬ菊人形に強燭向く

塵なきに掃く菊園に雇はれて

晴天に出る菊人形見終はりて

朝倉路生さん一周忌

路生亡き淡路に渡る林檎の荷と

青く近くなり来る淡路路生亡し

「七曜」より

塩凝れる灼土大切沼井に溜め

塩浜子駆ける春日入らざるうち

藤つつじ尾羽しづまらぬ庭雀

うつうつと春蟬松の一島嶼

菖蒲園花の平らを暮れ鴉

荒地野菊折りゆく幸福溜めてゆく

百合双花盛り見つめて汚れ初む

ベンチ寝の腮に梅雨泥かつと照り
愛は凝視荒地野菊のうすむらさき
蜂一生骸に黄の縞黒の縞
石窟仏白露世界へ蜂放つ
石窟仏露翅の蜂の飛び帰る
鵙高音愛厚くして生伸す
鵙高音一流水に径断たれ
鹿の毛も椎葉も雨に梳き梳かれ
削げ屑を隠さず朝寒む雀にて
「俳句研究」より
浜引の鍬にぎやかに土をどり
かりかりと灼くる春日塩田ふむ

浜子駈けすなはち塩田筋目つく
浜引子おのが足跡おのれ消し
鹹水溝蝌蚪生き蜷の途曲る
「俳句」より
雪渓に無口徹(とほ)して人を恋ふ

昭和三十四年

「天狼」より
金魚繚乱中に一匹よわれるもの
真上より燭の穂のぞき燈籠流す
流燈を放つ放てば還らぬを
率ゐるものありて流燈率ゐられ

遅れたる距離遅れたる流燈ゆく
流燈に言葉托してつき放つ
二流燈互ひに明を保ちつつ
月光界万の流燈行きつぱなし
みづうみに流燈一つだにのこらず
流燈会一精霊を老婆抱く
前燈を抜かず同速流燈にて
流燈群一流燈をまぎれしめ
炎ゆることやすし一流燈焼失
すでに火を入れて流燈重きを提ぐ
密着せる二流燈を風が押す
流燈の消ゆるを冥き湖底待つ

「七曜」より

掌でぬぐう泥金色の独楽誕生

天駆ける凧巻向の子が駆ける

〆飾の家土でぬりごめ子がわめき

友禅ざらし寒水脛に嚙みつけり

鴨渡るその端（は）の鴨の羽うち急（せ）き

寒きシテ女面の裏に眼を瞠（みひら）き

薪能莚に触る地の固さ

加速度に鎌が疲る、豊稲穂

入日池金色重く痩せ河骨

芥船水尾かきたつる秋の河

ボート漕ぐ汚れたる河搏ちたのしみ

噴水の力尽きしを風が打つ

「俳句研究」より

布晒し彩（いろ）をふみふむ冬の河
雁一連縁につながる葬の尾に
道おしへ道の一キロ短かからず
脱穀機激しや妻もあふりあふり
地にあてて倒れ稲刈る女の鎌
黄落期天の五位鷺翼重（お）も
道仏白露欠けて何か欠け
冬滝山いで来る何を得たりしや

昭和三十五年

「天狼」より

寒港を見るや軍港下敷に
牡蠣割女日射せば老いの眼ひらきゐし
牡蠣割の一隅はつと乳子泣くこゑ
牡蠣割場に一歩無言につきあたる
牡蠣割女休むゴム手套五指ひろげ
なだれる牡蠣一刀もつて牡蠣割女
昼の苦痛に走馬燈からくり見せ
鉄格子土用赤星真直ぐに容れ

「七曜」より

川排尿友禅ざらしの水稼ぎ

めし食ふ火寒川に友禅しづめ

友禅ざらし風花にうつむく職

天地寒むしづみ友禅づかづかふみ

暗くぬくきガラス裡深雪より入る

何を叱咤寒き友禅ざらし工

母へ駆く畦火がみんな暮れ尖り

うぐひすや野は火走りし黒遺し

春枯山引きかへさざる鴉の翼(はね)

春の埠頭こゑぬける鉄管に遊び

艀溜り霞みて汚れて陽と繈褓

斑猫の誘惑病歩山へかけ

秋さだか重湯(おもゆ)にまじる米の粒

うろこ雲一(ひと)日ベッドになだれなだる
露走り病院ガラスそこが透く
黙つづけ醜きざくろつひに割る

「天狼」より

昭和三十六年

息かけて何も為さざる手をぬくめる

「七曜」より

枝みかん枝柿ベッドいよいよ狭(せま)
仔猫かたまる日溜り落葉吹き溜り
婆婆恋や瞼に秋雨ざんざ降り
冬日雀しやべる嘴(くちばし)実にたのし

冬日浴触れれば蜂の生きてゐる

痩身を起す爛々除夜の鐘

医家への道焼山が一夜に立つ

鬼追はれつゝ酒の香人の香吐く

鬼平らぎ節分月夜吾立てり

たゆたひて身につく雪一片の大

危を告げる鶯杣の一人仕事

干梅の熱きを天へ投げてうける

干梅の笊西の日に傾けよ

愛母におよばねど梅漬けて干す

道堰きてここにをどりの輪がめぐる

洗ひ髪ゆくところみなしづくして

手足恍惚顔なきをどりの衆
踊り唄太鼓が追うて月の空
ひとの眼も天もまぶしき鵙の朝
青き青き片足ばつた寝屋わけん

「俳句」より

夜の河を遡航エンジン冬来向ふ
こそかさと壁のごきぶり顔見知り

「七曜」より

昭和三十七年

着ぶくれておのれを珠のごともてなす

三日来訪の風彦さんに独楽習ふ

独楽習ふかたくな独楽に紐まきては
石段をきざみのぼりて泉あり
泉深く尼が十指のかくれなし
日輪が深く全し沼萌ゆる
つくしんぼぞくぞく泣きたければ泣く
桜日日夜は寝昼覚め生残る
桜花にて昼灯つつむ死が過ぎて
生き残り万朶の桜身に重く
死に遭ひしあとの重ね着桜の夜々
吾も仔猫捨てたりき戦時なりき
びしよびしよと雨雀ども巣をつくる
盲眼にこの鶲篝の炎ゑるるか

盲眼を瞠る鵜篝過ぐるとき
鵜の声すその方へ手を盲鵜匠
露の中われは青虫殺し殺し

昭和三十八年　「俳句研究」より

熟柿ありわが寝室の冷えとめどなし
ゆげつつむ燈のその下に雉子煮ゆる
熟柿吸ふ咽喉より冷えが直下して
病者・蟷螂・蜂十一月の日向
昼臥やちちろは鈍き疼みに似
豊年の一穂ぬすみぬけ通る

重きに馴(なれ)腰(こし)柿籠を負ひ下る

「天狼」より

仰向けの手鏡雪の降りつづく

幽かにてともりたしかに万燈は

万燈会一つ一つの火を点(つ)けて

凩の巻（連句）

七重＝多佳子
伽藍＝西東三鬼
鹿角＝平畑静塔

凩の音松籟とわかれ去る　七重

枕屏風の藍は古びず　鹿角

山荘の夕べの星を低く見て　伽藍

裏門しめに出でて呼ばるゝ　七

もかげして河面にひゞく月の前　伽

港の工場荒れて虫鳴く　鹿
経師屋の昔の職の秋深み　伽
疲れし妻に酒をすゝむる　七
のど傷をかくす白粉よくのびて　鹿
御難の窓をのぞくはした女　伽
夕涼む人のうわさを気に病んで　七
堕胎ぐすりの煮える丑満　鹿
伯母とゆく京もはづれの月の宿　伽
虫篝して後座の席入　七
白萩と文殻なども掃き寄せて　鹿
眉ふさふさと塔頭の縄　伽
花見茶屋母子は馴れぬ茶を汲みて　七

瀬田の霞に簑かくれつゝ　鹿
船大工ゆまりて春の草ぬらす　伽
鴉が下りて何かついばむ　七
入墨の襦袢干したり裏畑に　鹿
機織る窓に質札をよむ　伽
白壁に幼きころの恋の文字　鹿
明け易き夜の早も鶏鳴き　七
国持たぬ猶太の人の部屋を借り　伽
ユーハイムから菓子とゞきくる　鹿
密輸船みぞれの沖に見えかくれ　七
地下室を出るゴム底の靴　伽
月の汽車千金の座にえびねして　鹿

馬関芸者と云ふが柿食ふ　七
寄席を出て夜寒の橋に高笑ひ　伽
名題ひろめの手拭たゝむ　鹿
蔦の葉を影に染めたる比翼紋　七
心はづみし露路の下駄音　伽
莫座に散る花を払ひて出舟まつ　鹿
馬の輝く春の朝風　伽

自句自解

曇り来し昆布干場の野菊かな　（海燕）

昔、日ソ国境だった樺太安別の作。

前夜から海は荒れていましたが、上陸するときになっても、雨が横なぐりに降っていて、本船からランチに乗り移るのに暇がかかり、甲板に集った私達は、（北原白秋、吉植庄亮氏もその中にいました）これから登る国境標のある丘を眺め、上陸の順番を待っていました。

安別の町は、荒涼として校倉造りの郵便局が印象的でした。数えるほどの家並の尽きた所に、骨を組立てたような柵が幾段も見えましたが、近づくと、それが昆布干場でした。

雨後の照ったり曇ったりする昆布干場には、樺太蟹の真赤な殻などが打寄せられていて、それこそ北の涯の風景でした。思いがけずそこに咲いていた野菊を見て、この句はするする出来ましたが、北原白秋の「昆布干場のタンポ、の花」の歌の影響が多分にあります。

この句を見ると、多くの故人の顔が浮みます。亡き夫の長身、北原白秋の太い丸い背など。

秋空と熔岩野涯なし歩みゐる　（海燕）

夫の死んだ翌年、私は富士山麓の山中湖に一夏を過しました。高原の八月はもう秋です。旅舎の湖畔から籠坂峠へよく朝の散歩をしました。その胸から裾をひいたような富士の傾斜に向って歩いていますと、熔岩の砂原は果てしなく、秋天は眼に痛いほど澄んでいました。私はこの果てしない砂原を歩きつづけているうちに、この道が今後の自分の道のように思われて、ひとりでに心が鎮まってくるのを覚えました。句集「海燕」も終りに近く、この頃から句の転換が始まったかと思います。

母と子のトランプ狐啼く夜なり　（信濃）

戦争が激しくなり、女ばかりの家族が大阪の街中に住む危険を思って、奈良郊外のあやめ池に疎開しました。そこは駅からさして遠くないのに、夜になると狐が出て、鶏小屋を襲いました。

燈火管制の光の下で、私達母子はよくトランプをしました。初めて住む田舎の闇は深く、聞き慣れぬ獣の声が聞こえますと、それを狐の声と思い身を寄せあったこともありました。あとから思い返してみると、その声は、あるいは夜鳥の声だったかもしれませんが、それを聞いたときは身がすくむようでした。
外に光を漏れないように蔽った燈の下に、散らばっているトランプの彩色は、妙に鮮かに、今も眼の前にあります。
母子のトランプ、狐の啼き声、黒布で蔽った燈、少し材料が揃い過ぎた感はありますが、事実そのままの句です。
「尾を見せて狐没しぬ霧月夜」、「枯れはてゝ遊ぶ狐をかくすなき」などもあやめ池の狐です。

鶏の血の垂りて器に凍むたゞこれのみ　（紅絲）

疎開してから近隣にならって鶏を飼いました。食糧のためにです。が、飼っている鶏はなかなか食べる気になりませんでした。人が来てしめてくれました。首を切って、逆さに吊して血を出すのを初めて見ました。私は地を汚すのがいやで、血を受ける器をその下に置いておきましたが、鶏の血はほんの僅かで、一つまみほどのものが紅く凝っているに過ぎません。「ほんのこれだけ」という驚きが、私の頭をかすめました。あれほど生命に充ちていた雄鶏のその血が、こんなにも少いのが哀れでならなかったのでした。

河豚の血のしばし流水にまじらざる　（紅絲）

終戦の年小倉での作。

農地問題の渦中に巻きこまれ、しばしば九州へ旅をしました。ある時は貨車にも乗りました。モンペ姿で汽車の窓から出たり入ったりして、一度などはもう少しで深夜の下関駅にとり残されるところを、闇屋の青年に助けられて乗車したことも思い出します。

小倉は昔十年ほども住んだ所で、知己もあり、その頃手に入りにくかった河豚なども喰べさせられました。

市場の男は、私の前でさっと河豚の腹を開け、臓を出し水洗をしました。冷く透きとおった水に、河豚の血は糸をひいて流れます。が、それも暫くで、やがて血の糸は先の方から水に解けてゆきました。

百姓の不機嫌にして桃咲けり　（紅絲）

食糧不足時代、私達にとってお百姓さんの不機嫌な顔ほど恐しいものはなく、そんなときのお百姓はまるで鉄の扉と対しているような感じがしました。

僅かなものを頒けて貰うのに私は、この不機嫌な顔にどう声をかけようかと、幾度ためらったことでしょう。辺りは真盛りの桃畑で明るく、あわれな姿の私は隠れようもありませんでした。私は勇気を出して、その不機嫌な顔に近づいて行きました。

罌粟ひらく髪の先まで寂しきとき　（紅絲）

「天狼」創刊後、日吉館の奈良俳句会の作です。深夜まで続くこの句会で、私は鍛錬されました。この句の想を抱きながら、上五に据えるものが見つからず迷っていましたとき、ぱっと私の眼前に真紅なけしの花が浮びました。「罌粟ひらく」で、「髪の先まで寂しきとき」が、ぐっと支えられたように思えて嬉しかったことを思い出します。

この句は、その夜の句会で三鬼、静塔、暮石の三氏に採って貰いました。

昏ければゆり炎えたゝす蛍籠　（紅絲）

戦後初めて京都で蛍籠を見つけて買って帰りました。一夜二夜は美しく燦いていましたが、追々光が乏しくなりましたので、私はそれを幾度もゆり動かして炎えたたせました。ともすれば消え入りそうになる己の心の火をゆすぶるように。

あぢさゐやきのふの手紙はや古ぶ　（紅絲）

なつかしい手紙、愉しい手紙、はては腹立たしい手紙さえ、きょうがきのうとなれば、「はや古ぶ」のあわれさがあるものです。

くりかえして読むたびに、古びてゆくことを感じさせられます。それは又、人間感情の動いて止まぬそのうつろいのあわれさともいえましょう。

あじさいの碧く瑞々しい花の前に置かれた昨日の手紙に、そんなことが感じられました。

ゆくもまたかへるも祇園囃子の中　（紅絲）

お祭というものは楽しくてよいものです。あの雑踏の中を、何の目当もなしに歩いているだけで心が充ちてきます。お祭の人々はみな善人らしく、大人も子供もただもうお祭の中に身を没している、その雰囲気に包まれてしまうからでしょう。

幼い日の思い出のお祭は湯島天神や、神田明神のお祭になりますが、この頃では京の祇園祭、大阪の天神祭によく出かけます。

「コンチキチ、コンコンチキチキチ・コンコンコンチキチキ」と鳴る祇園囃子の鉦をきくと、「ゆくもかへるも」ただお祭の中に吾在りという楽しさになります。人も吾も善人だけの世がつくられ、一生お祭の日がつづいたらと思います。

祇園祭では「髪白く笛息ふかき祭人」、「祭笛吹くとき男佳かりける」など作りましたが、横笛をひたに吹きつづける祭の男ほどよいものはありません。

鶯の必死のさそひ夕渓に　（海彦）

私の住むあやめ池は、生駒山の丘陵つづきになりますが、小鳥がとても多く、ことに鶯は春から秋にかけてよく啼きます。

ここに住んで、私は初めて野生の鶯のよさを知りました。籠に馴らされた鶯の優美さはありませんが、明るくて、強さがあります。

夕暮近く、もう渓には薄闇がこめています。その奥深くから聞こえてくる鶯のこえの強さは「必死」という感じです。雌鳥を呼んでその声はいつまでもつづきます。

みつみつと雪積る音わが傘に　（海彦）

奈良は京にも負けぬ寒さですが、雪は案外少いのです。もう四年ほどになりますが、前夜から降り続いた雪が、一日降り暮れたことがありました。

私は嬉しくて、雪の中を歩きまわりました。一面の白世界に沼だけが青々と水を張っていました。歩き疲れてその水辺にかがまりましたとき、傘の上に降り積る雪の音が、急に大きく聞えはじめました。まるで雪の音のする天蓋を被っているようです。その音はさらさらしたものではなく、柔かい中にも強い力の籠った、ねっとりした音に感じられました。その音を出そうと思っていろいろ苦労してみましたがいい表現が見つかりません、諦めて家路につこうとしたとき、ふと「みつみつ」という言葉にぶつかりました。出来てみればなんでもないようですが、苦労しただけに私はこの言葉に執着があります。

氷上を犬駆ける採氷夫が飼へり　（海彦）

信州軽井沢の採氷場です。

白一色の高原の涯に、浅間は少し頭を北へ傾けて薄黒い煙を横になびかしていました。

採氷場は長方形の池がいくつも並び、日除の簀が立っているのが寒々と見えました。幅の広い鋸を氷の池の中にさし入れて切出し、それを背負っては氷庫へ運び入れます。こんな荒涼とした景の中に、さっきから一匹の犬が雪を蹴散らして、氷の上を走っていました。それは採氷夫が飼っているもので、今日も仕事場までついてきているのでした。

寒いので採氷夫はよく焚火をします。そんなときは犬もそばに腰をおろして、愛撫をうけます。採氷夫も勢よく駆けまわる犬に、なぐさめられ辛い仕事に精を出しているようです。

万緑やわが額にある鉄格子　(海彦)

昭和二十九年筑紫保養院の作。
杉田久女の終焉の地を弔うことは長年の念願でしたが、なかなかその機に恵まれず、絶えず心にかかっておりました。偶々「自鳴鐘」の好意によって、それを実現することが出来ました。医学博士である横山白虹氏が同行されましたので、つぶさにその当時の模様を院長から伺えました。
久女終焉の部屋は、櫨の青葉が暗いほど茂り、十字に嵌る鉄格子は、私の額に影を刻みつけました。
久女に手ほどきを受けた弟子の一人として、いまなお至らないわが身を、この時ほどつよく悔まれたことはなく、厳しい生涯を送った久女の終焉の部屋のたたずまいは、私の生きる限り灼きついて離れないことでしょう。
夕暮、保養院の門を出ると、菜殻火が炎々と燃えていました。白虹氏に聴くと、久女の入院は昭和二十年の秋で、翌年の一月に逝ったのですから、久女はこの菜殻火を見ていないのです。夕日の中に燃えていた菜殻火の炎の美事さ恐ろしさは、到底忘れることが出来ません。

春夜解纜陸の燈ひとつだに蹤き来ず　（海彦）

四国行の船は、夜大阪港を出帆します。一夜の船路に見送りの人など殆どなく、私もひとり乗りこみました。ドラが鳴り、船は音もなく陸を離れはじめました。実に静かに陸は退いてゆきました。船は速力を増して闇の中へぐんぐん吸い込まれてゆくのです。
陸には、めまぐるしいネオンがきらめき、自動車のヘッドライトは間断なく走っていますのに、その一燈さえ船と共についてくるものはありませんでした。
今迄自分の立っていたその陸地から、こんなにも簡単に離れてしまう不思議さ、このときの陸のそっけなさ、私の心を極度に寂しくしました。

双眼鏡いっぱいの白嶽にて遠し　（海彦）

信州八つ嶽高原は、五月もなお白嶽に囲まれていました。が、それでも足もとにはしどみの紅い花も咲き、落葉松は緑青の芽を吹いていました。
東の天をさえぎる八つ嶽の阿弥陀の峰をはじめ、南天の甲斐駒、西の日本アルプスの嶺々も見事な白嶽でした。
私はその一つ一つに双眼鏡を当てました。双眼鏡いっぱいに引きよせた山肌の斑雪を私は手で撫でるようにしてむさぼり見ました。やがて心足り、眼から双眼鏡を外した途端に、その嶺々はもうはるか彼方に去り、とりつく島もない遠い遠い存在となってしまいました。

墨工のわが眼触れざる側も汚れ　（海彦）

奈良古梅園の工房です。

墨は寒中造られたのがよい品であると聞きます。私が工房を訪ねたときも、雪がちらちらしていました。古風な土蔵造りの古梅園の店は墨の香に充ちていました。奥ののれんをくぐると、細い路地が奥深くつづき、墨工房が並んでいます。はじめに油煙を採る部屋を見ました。四方を壁に窓のない房には、何百という油火がトロトロ燃え、油煙をあげていました。

膠を煮る大釜や、乾燥場をぬけて、奥まった一つの工房に入りました。その部屋は明りとりの障子を嵌めた昔のままのもので、四五人の人が、半裸で胡坐をかいて、煉りに煉った原墨を型に入れる作業をしていましたが、私はその人達を見た途端、眼を瞠ってしまいました。一寸例えようのない肌色をしているのです。墨の油煙に汚れたその下に透いて見える肌の青白さは、なんともいえないなめらかさを持ち、見ていると異様な美しささえ感じてくる肌なのです。

私はこの汚れが詠みたくなりました。が、句の上にこの油煙の煤肌の美しさを表わすことは、とても難事であることがわかりました。それにしても、何十年という月日を、墨を造る仕事だけにつぎこんだ人の肌の不思議さに、私は魅せられてしまいました。「煤膚に隠れ墨工何思ふや」、「煤膚の墨工佳しや妻ありて」。

（「俳句」昭和三十三年一月）

解説　附多佳子ノート

橋本多佳子論を一夜にして書くことは困難である。私はこれを書くために数年の日子を要した。この作家は、人間としてわかりにくいところがある。それを知るためにそれだけの日子を必要としたのだ。

多佳子のことをどこから書き始めたらいいであろうか。多佳子が私の俳句に何等かの関心を寄せたときから書きはじめたらいいだろう。

大正十一年、多佳子は九州の小倉に在住していたが、同地の杉田久女と交わり、自家を高浜虚子歓迎句会の会場に提供したりなどして、それ以来俳句に指を染めていた。

大正十四、五年頃、「ホトトギス」の雑詠欄に現れた私の俳句を読んで、多佳子ははっきり自らに無きものを見た。

自らに無きものとは何であったか。いろいろあった。きびしさ、強さ、印象の鮮明、(一口に言えば「ますらおぶり」) そしてそれ以上に、近代的素材を処理する「構成」(後に使われた言葉に従えば「メカニズムの眼」) であった。

多佳子のことはその年代から書きはじめればよく、それ以前のことに触れる必要はない。

明治三十二年一月十五日に生れようと、東京市本郷区龍岡町八番地に生れようと、旧姓が山谷で、父が雄司、母が津留であろうと、大正六年十月二十八日、若くして橋本豊次郎と結婚しようとそれ等一切のことは問わずしていいことである。

多佳子が私に会ったのは、昭和四年十月、大阪で開かれた「ホトトギス」全国大会のときであった。そのとき偶然にも杉田久女が一緒にいた。多佳子は大阪に移り住んでいたのだ。

しかし、多佳子は持前の遠慮深さから直ぐ私の指導を仰ぎはしなかった。本格的に指導を受けるに到ったのは昭和十年、多佳子の一家と私の一家とが親しくなってからのことである。

山口誓子、日野草城、大橋櫻坡子、皆吉爽雨、阿波野青畝、後藤夜半、奈良鹿郎、山本梅史、中村若沙、田村木国、森川暁水をメムバアとする無名会が多佳子の勉強の場所であった。

第一句集「海燕」（多佳子はこれを「うみつばめ」と発音する）は昭和十六年一月に交蘭社から出た。装幀富本憲吉、題字水原秋櫻子。

私は序文を書いた。それに

「女流作家には二つの道がある。

女の道と男の道である」
「橋本多佳子さんは、男の道を行く稀な女流作家の一人である」
と書いた。これはあとあと問題になったが、私は女坂と男坂の意味で言い、足弱は女坂を登るがいいし、足強は男坂を登るがいい、多佳子は足強で平気で男坂を登っているると言ったのである。
平塚らいてうは、「女性は月である、他に依(よ)って生き、他の光によって輝く」と言ったが、女性がそういうものであるなら、自ら生き、自らの光によって輝くのは男性的であり、多佳子は、そういう男性的作家であった、多佳子が男の道を歩くのに何の不思議もなかった。
それから、私はその序文に、私がいつも多佳子に、私の作品を見ないで私の志向しているところを見るようにと言いつづけたことを書いた。
それは、多佳子が私の眼によって眺めることを学びはじめたのだから、私の眼によって眺めることはいいとして、多佳子の作品が私の作品に似て来ることを警戒したのである。
それから、私はその序文に、私がいつも多佳子に、表現が未整理に終ってはいけないと言いつづけたことも書いた。
表現の未整理というのはただ言葉だけの問題ではなく、その言葉の下で混迷する内容の未整理のことでもあった。作家として本来、情はげしく、内容の過剰に陥りやすい多佳子にそういう未整理を警戒したのである。

「海燕」の作品は私が選抜した。

この句集が出ると、さまざまの批評が起った。女誓子だと言うのである。（こんど改めてこの句集を熟読するとなるほど女誓子である）

しかしそれは多佳子にとっては覚悟の上のことであった。そもそも多佳子が句作の出発点にあって、選んだのは誓子の方法である。現代俳句の性格をメカニズムと考え、自らのはげしい情も恣（ほしいまま）に出さず、メカニズムを通して出そうとしたのである。それを学ぶ以上は徹底的に学ぼうとし、それがお手本のなぞりになったのは当然のことである。

自らそれを欲し、それを身に着けることを念としたのであるから、女誓子、むしろ結構というのが多佳子の気持であった。

それに多佳子はメカニズムに負けるようなひとではない。

批評の中には、もっと女らしさを、という声があった。女が男坂を登ったりすることに対する非難のようなものと、それは受取られた。

しかし、作家は人間の中から出て作家となる。その作家がたまたま女性である場合は女流作家と言われるが、その作品に女らしさがにじみ出ているとすればそれはあくまで結果である。それは結果として待つべきで求むべきではない。男の作家に男らしさを求めたりするだろうか。あほらしい。

批評の中には、非人間的だという声もあった。これはいつもメカニズムにつきまとう批評である。そしてそれに関連して、「海燕」を選んで多佳子の人間を扼殺した誓子は人間かというような批評もあった。

メカニズムの作品にあっては、その一番奥の椅子に作家が坐っていて、そこから作品を操作している。表から見えぬかも知れぬが、作品を奥から操作するものとして作家はあるのである。メカニズムにおける人間はかかる人間である。

「彼はいつでもそこに不在なのだ。配置された言葉の全体に彼は存在し、この存在は透明である。不在といったのはこの意味にほかならない」

長谷川四郎が「谷川俊太郎詩集」のあとがきでそう書いている。

その他に、冷たいとか貴族趣味だとかそんな批評も出た。いずれもメカニズム嫌いの人々から出たものであった。

後のことであるが、西東三鬼が多佳子に「海燕」で身につけた眼は大切にしなければならぬという意味のことを言ったのは、多佳子にとって知己の言と言わなくてはならない。

こんど「海燕」を読み返して「昭和十年以前」に

わが行けば露とびかかる葛の花
硬き角あはせて男鹿たたかへる

などという句を見たが、これ等は多佳子俳句の原型のように思われる。

第二句集「信濃」は昭和二十二年七月に臼井書房から「現代俳句叢書」の一冊として出た。

序文はない。

時期は戦後である。戦争中多佳子の作句活動はそんなに活発ではなかった。処理すべき煩しいことがあったし、奈良菅原村への疎開のことがあったりした。

私は伊勢の海岸に病を養って、句を作る以外に為(な)すべきことがなかったから、毎日句を作っていた。工場のあるその地方は空襲に対して必らずしも安全ではなく、それ等の句は私の肉体とともに消滅する慮があった。私は句が纏(まと)まるとせっせと多佳子に送って、句稿を信託した。私はその句稿がすこしは多佳子の作句活動を刺激するかも知れぬと思ったりしたが、多佳子は「いまは創作の気力も失(う)せ、御作を拝見しても奮い起(た)てずにおります」などと言って寄こしたことがある。

しかしそれは多佳子の謙抑言で、ほんとは捲土重来を期していたのである。「海燕」が、誓子的方法の手習い帳であったことに多佳子はいささかも悔いてはいなかったが、群がる批評に平然としていたわけではない。批評を乗り越えねばならぬと思っていたのである。

それにはメカニズムの網目から身を乗り出さねばならぬのであった。

多佳子は自らの「さびしさ」に誘導されて身を乗り出そうとした。この時代に多いさびしさを詠った句はそういう滑剤ではなかったか。

霧降れば霧に炉を焚きいのち護る
さびしさを日々のいのちぞ雁わたる

などという句に現れている、いのちが即ちさびしさであるようなそんなさびしさの世界。

しかしそれで多佳子がメカニズムの網目から乗り出し得たわけではない、メカニズムの網目はまだまだ強かった。

メカニズム嫌いの人々は多佳子の句に、根強くのこっているこのメカニズムの網目をもどかしく思ったにちがいない。

奈良東大寺戒壇院の広目天は多佳子の恋仏である。多佳子はなにゆえにこの憤れる如き仏に心を牽かれるのであるか。

私は堀辰雄の書に

「なにしろ、いい貌だ、温かでいて烈しい」

「これはきっと誰か天平時代の一流人物の貌をそっくりそのまま模してあるにちがいない」という会話のあったことを思い起す。この「温かでいて烈しい」ことが、多佳子の心を捕えるのかも知れぬ。

句集「信濃」の時期は、「温かでいて烈しい」時期と言えるかも知れぬ。もともと情のはげしい多佳子は「海燕」で自らを冷やし、「信濃」で自らを温めた、「信濃」は広目天である。

第三句集「紅絲」は昭和二十六年五月に目黒書店から出た。装幀池上浩山人、装画村上巌、序文山口誓子、跋神田秀夫。

私の序文は、「紅絲」のために書いたにはちがいないが、それは「信濃」にも触れていた。

批評と作家との格闘のことである。作家が批評家の批評に堪え、それを乗り越えることである。それはすでに「信濃」に始っていた。

私は批評家の批評を辻斬と考え、それに対する作家の反発を仇討と考える。多佳子は辻斬に会ったが殺されず、仇討を遂げた。そのことを私は「紅絲」の序文に書いた。

この時期に於て、多佳子はいよいよメカニズムの網目から身を乗り出した。

しかしこの場合とても、多佳子は、人間の思い通りにならぬ現実のあることを知っていた。そういう現実は尊重した。そういう現実には即する態度をとった。

これに反して人間の思い通りになる現実は、それから離れた。かかる現実から離れて、多佳子は身を乗り出して行ったのである。

昭和二十九年三月、私は平畑静塔、多佳子と和歌山県の加太に遊んで淡島神社の神官の宅を訪ねた。

そのとき縁側に幼女が現れ、私達を眺めた。多佳子はその幼女に言葉をかけた。

「いくつ？」答はない。

「何という名？」答はない。

「みよこちゃん？」答はない。

「けいこちゃん？」はじめてうなずく。

「ああそう、けいこちゃんだったの」

私はこの応酬にひとかたならぬ興味を覚えた。「みよこ」も「けいこ」も多佳子の女（むすめ）の名である。もしこの二人の名で目的を達しなかったら、更に「くにこ」と「あつこ」の切札を出したかも知れぬ。

この強引な誘導訊問が多佳子の詩の方法ではないかと思われた。自らを激突させ、激突することによって強引に詩を奪取する方法である。人間に対してのみならず自然に対してもこの方法が用いられた。多佳子は、現実から離れて身を乗り出して行ったときに専らこの方法に拠(よ)った。

ある批評家はこれを多佳子の爪立(つまだ)ちと言う。

ここに問題になる作品グループがある。

箸とるときはたとひとりや雪ふり来る
雪はげし抱かれて息のつまりしこと
雪はげし夫の手のほか知らず死す
かじかみて脚抱き寝るか毛ものも等も
あふれいづる涙冬蝶ふためき飛び
泣きしあとわが白息の豊かなる
息あらき雄鹿が立つは切なけれ
雄鹿の前吾もあらあらしき息す
女(め)の鹿は驚きやすし吾のみかは
花椎やもとより独りもの言はず

罌粟ひらく髪の先まで寂しきとき
夫恋へば吾に死ねよと青葉木菟
蟻地獄孤独地獄のつづきけり
蟇をりて吾が溜息を聴かれたり
掌の木の実ひとに孤独をのぞかるる

これ等の句は「ひとり」を詠い「女のひとり」を詠ってあるから、これを寡婦の心情と解するひとがいる。そう解釈するのはそのひとの自由だが、かつて、さびしさをいのちとした多佳子にとってはこのひとりもまたいのちである。ただこの場合は、現実から離れ、天へ向って身を乗り出したのである。地上のすがた鮮明であるから地上界のことのようであるが、これは天上界のことと思われる。

人来たるひとり蜈蚣を押へゐれば
生き堪へて身に沁むばかり藍浴衣
堪ゆることばかり朝顔日々に紺
泣きたけれど朝顔の紺破ぶるべし

同じ「ひとり」という言葉があっても、蜈蚣を押えている多佳子は強いひとりである。堪え堪えて生き堪えるひとりである。

多佳子は泣きたくても容易に泣かぬひとであり、寡婦と言われることを最も嫌うひとである。これが地上の多佳子である。

しかしさきに示した作品グループは他の男性には魅力のあるものであった。そこには多佳子が自らに甘えているような趣きがあり、自らを掻きむしるような趣きがあるからである。

女性の男性的な作品が男性にとって面白くないのは当然である。

多佳子にナルシシズムを指摘する批評家がいる。

与謝野晶子の歌にはたしかにナルシシズムがあった。

　鶏頭は憤怒の王に似たれども水にうつして自らを愛づ

という歌は、ナルシシズムそのものを詠ったのであるが、自らの肉体の美しさに陶酔したナルシシズムの歌は実に多い。

しかし多佳子の句にそれと同じ意味のナルシシズムはない。多佳子の美しさのことを言うひとがあると、多佳子はいつも私には美しさはありません雰囲気があるだけですというのを常とした。

強いてナルシシズムの句を求めれば、多佳子には自らの美しい髪を詠った句が多い、これは「信濃」に始って「紅絲」につづく。多佳子はしきりに髪を洗い、髪を梳る。

足濡れてゐれば悲しき櫻かな
白露やわが在りし椅子あたたかに

などの句には、吾が身をいとおしむこころが詠われている。しかしこれは、ひとりをいのちとするあの世界のことで、自己愛惜と言うべきものである。自己愛惜はナルシシズムとちがう。

私が四日市の天ヶ須賀海岸になお病を養っているとき、多佳子は私を訪ねて来て、自らの俳句は如何に進むべきかと問うた。そういう場合に、あなたはかくかくの方向に進むべきだ——などと軽々しく言わぬ私であるから、いまのままでよいと答えた。これは後になって知ったが、その私の答を多佳子は不満とした。私は何等の忠告をも与えず、教育しなかったと言うのである。私といえども教育しなかったわけではない。一人の作家と対決し、作品を通じてその作家を導くこと、選んで同意することが教育だと思っていた。又、作家の裡に隠れている能力を引出すことが教育だと思っていた。だが、自らに対して常に不満の念を懐いている多佳子は、鞭うたれ、叱責されるような教育を望んでいたのである。

しかし私と多佳子との指導関係はつづいて絶えることがなかった。

多佳子は私に指導を仰ぎつつ他にも助言を求めた。「紅絲」の跋でその助言者の一人たる神田秀夫が書いている。「所に繋累なきよそびとは、反って力を借し易き」というのは、この批評家の助言者としての立場を表明している。又、「己れのみ燈の家に入って、稲妻の野に著者をとどめた」というのは批評家と作家の異なる立場のこと、批評家は、明るい家の裡から暗夜稲妻の野に彷徨する作家を電波操縦することを述べている。多佳子は暗夜にかかる電波操縦を望んでいたのである。

神田秀夫は、「紅絲」を「凍蝶にして曼珠沙華」と言った。私に言わしむれば「凍蝶」は「烈しさ」であり、「曼珠沙華」は「温かさ」である。私は前の「信濃」にこの「烈しさ」と「温かさ」を言ったが、神田秀夫は「紅絲」にもこれを見た。天へ向って身を乗り出したとはいえ、メカニズムの網目からついに脱し得なかったと言うのか。

しかし私はこの「凍蝶にして曼珠沙華」を再び次の句集「海彦」に見るのである。

第四句集「海彦」は昭和三十二年二月角川書店から出た。私は序文を書いた。この句集の出た前年、私は多佳子の案内で、土佐の室戸岬へ旅行した。このとき句作する多佳子を傍親して、その方法が一処一情であることを知った。その「一処」という好みの場所にぶつかることは容易ではなかったが、幸にしてそれにぶつかれば、その「一処に眼を据え、それに向って感情の火花を散らし」た。そして「一処一情」の主となった。

その「一情」ははげしい感情で、「このはげしい感情が物を見据えることによって」凝集し、必中するのを私は眼のあたりにした。この方法は、かつて「信濃」時代に用いられた方法である。

「紅絲」時代を経て、再び、この方法が強化されたものと思われる。又、メカニズムの網目を張ったのである。メカニズムに還ったのである。

それの説明に都合のいい句がある。

絶　対　安　静　雪　片　の　軽　々　し　さ

は、メカニズムの棒しばり、しかも「雪片の軽々しさ」というところに、柔軟自在がある。

それなら「信濃」とどうちがうのであるか。「紅絲」を経たということでちがうのだ。

「紅絲」の、あの天へ向っての乗出しがなかったら、「海彦」のこういう在り方は生れなかったにちがいない。

「紅絲」がメカニズムの網目に潜んだのである。潜んだために心は深まったのである。殊にその心が「歎き」であったり、「憂い」であったりしたときは、心の深まりは一層深いものになった。例えば、

散華

近江八幡に泊り、暁の四時雪中に舟を出し鴨を待つ

猟銃音殺生界に雪ふれり
雪はらはず鴨殺生の傍観者
猟夫立つすでに殺生界の舟
猟人の毛帽雪つきやすしあはれ
雪中や絶対にして猟夫の意志
鴨撃たる吾が生身灼き奔りしもの
鷺撃たる羽毛の散華遅れ降る
猟舟に身低ぅをりぬ白伊吹
こめかみをがくがく猟夫飯食へり

猟舟に鴨置くすぐに雪つもる
猟夫の咳殺生界に日ざしたり

伊予行

春夜解纜しづかに陸を退けて
春夜解纜陸の燈ひとつだに蹤き来ず
春夜解纜それ以後潮のたぎちづめ
幾転舵春潮の舳に行方あり
春夜どの岬ぞ吾を呼ぶ燈台は
また転舵春夜の寄港短くして

などには内に「歎き」が籠(こも)り、「憂い」が漂っているように思われる。それは手放しに燃えている火ではない、地下にこもった火。
多佳子が言ったことがある。「天狼」創刊を機縁として自分の、作家の火は燃えたった。火の燃えつづけているときはいいが、火が衰えたら「紅絲」のような句はもう作れない、作ったとしてもそれは身振りに終ってしまう。
私に言わしむれば火は燃えつづけている。地下にこもって燃えつづけている。

河野南畦が「海彦」を「静止しているかの如き情念」と評したのは当っている。「信濃」が広目天であったように、「海彦」がまた新しい広目天である。顔面に強い照明を当て、「明」と「暗」との極（きわ）だった広目天である。リンカーンが「影とは私たちが、それについて考えているところのもの、樹とは物そのものなのだ」と言ったことがある。そういう「樹」と「影」のくっきりした広目天なのである。

多佳子はこれからどこへ行くであろうか。

多佳子は振子である。「烈しさ」から「温かさ」へ、「温かさ」から「烈しさ」へ振って来た。これをつづけるだろう。

多佳子は安定しては自らを揺すぶり、揺すぶっては安定する。それを繰返すだろう。

昏 け れ ば 揺 り 炎 え た た す 蛍 籠

単純化を志すとともに、単純化されるべき混沌（こんとん）を培養しつづけるだろう。角川文庫の「中村草田男句集」を手沢で黒くなるほど読んでいるが、多佳子は草田男によってその混沌を培養しているのか。

感覚によって印象を鮮明ならしめ、知性によってメカニズムをがっちりさせ、それを魂によって圧して出す。これが作家の理想の在り方である。多佳子はこの在り方にだんだん近づいてゆくだろう。
音楽で言えば個々の演奏批評しかしない私がいま言えることはそれだけである。

多佳子ノート

1

杉田久女は多佳子に俳句の手ほどきをした。しかし多佳子俳句にその直接の影響は認められない。久女の

ぬかづけばわれも善女や仏生会
風に落つ楊貴妃桜房のまま

などの句には、多佳子的な感触があるけれども、これ等の句は、後年の作である。多佳子の言葉に従えば、久女は、俳句の格調の高さ、俳句の怖るべきことを多佳子に教えたそうだ。久女の影響は、ありとすれば、そういう点にあったのである。多佳子の俳句の出発はまことにしあわせだった。

2

多佳子俳句には古語がよく使用されている。久女も好んで古語を使用したから、その影響もないとは言えぬが、古語癖はひところ万葉語を弄したりした私の句から由来したのかも知れぬ。古語癖は、句集「海彦」にも残っている。「天垂らし」「長路」「目路」など。しかし

ランプの焔ペロリとゆがむまた雪崩れる

の「ペロリと」は新しい突破口である。

故国野分大漁旗のひらきつぱなし

の「ひらきつぱなし」もそうだ。多佳子の古語癖を徒らに攻めてはならない。

3

多佳子は口癖のように「煮つめる」ということを言う。

門下の、煮つめ足らぬ句に対して「もっと煮つめちゃどう」と言うのである。
「煮つめる」は、独逸語(ドイツ)の「dichten」である。その外国語は「密ナラシム、稠密(ちゅうみつ)ニスル、濃厚ニスル」という意と同時に「作詩スル」という意を併せてもっている。逆に言えば、作詩することは、密ならしめることである。濃縮することである。煮つめることである。
煮つめることが作詩することであると自覚し、それを実行している多佳子にして見れば、煮つめの足らぬ句は見ていられないのである。
煮つめるということは、ほんとは自己の内部整理である。感情の点においても、言葉の点においても。

4

ひとが多佳子の美貌(びぼう)のことを言うと、多佳子はそれを否定して、私には何か雰囲気というようなものがあるのかも知れませんと言うのを常とするが、そういう「雰囲気」が多佳子俳句にもある。多佳子俳句は雰囲気のある俳句と言ってもいい、愛好者(ファン)はこの雰囲気の虜(とりこ)となるのである。
ある洋画家が、面と向って、多佳子を「妖艶(ようえん)」だと言ったことがある。
岡本かの子はその小説「花は勁し」の中で、ゴルゴンゾラ・チーズのことを「あの徽の華の何と若々しく妖艶な緑であろう」と書いているが、妖艶がそういうことならいいではないか。
中国の詩人曹植の詩に出て来る「妖女」の妖には妖怪変化の意はない。

5

多佳子は、私は神経八分で、その神経が句を作っていると言う。それには、神経が句を作る状態にあることが必要なので、多佳子はその状態を懸命に求めるのである。
多佳子が旅行に出たがるのは、そのためである。
同じことだが、多佳子は自らの勘のいいこと、第六感のはたらくことを言う。私の体験から言えば、事物をメカニズムにおいて把握する場合には、勘のよさや敏感さが物を言う。多佳子は、勘を武器として独自のメカニズム俳句を樹立したものと思われる。

6

共に食事をしているとき、多佳子はよく食べ残すことがある。
滋養の有無(ありなし)とはいえ、天授の物に対して感恩の念が足りぬと私は見ていた。
この頃になって、やっとそれが多佳子の句作の方法に通ずることに気がついた。

多佳子にあっては、句になる素材と句にならぬ素材との鑑別が実にはっきりしているのである。
素材の重視すべきは極力重視するし、無視すべきは完全に無視するのである。一処一情ということがつまりそれである。無視を重ねた末に、一処を選び、その一処に情を傾注するのである。
そのことを知るに及んで、私は多佳子の食べ残しを平気で眺められるようになった。

7

「海彦」に

衣更老いまでの日の永きかな
生いつまで桜をもつて日を裹む

という句がある。同じ昭和二十八年の作である。一方ではいのちがいつまでもつづくと思い、他方では、いのちがいつまでつづくかと疑う。
作家はいのちを大切にして、常住座臥「いのち無くては」と思わずにはいられぬ。
作家は、又、いのちあってしかも「いのち永からねば」と念じないではいられぬ。

現代俳句の稀有な作家、多佳子のいのち永からんことを祈る。

山口誓子

エッセイ　断崖を垣間見る

小池昌代

　わたしは長く自由詩を書いてきたが、俳句は純粋な読者の立場を守っている。そこに踏み込んだら、地獄が始まると思うからだ。定型には魔力がある。最初はこのわたしが俳句を創っているつもりでも、そのうち、俳句のほうに、わたしを創られてしまうのではないか。これは自由詩に携わる者の、定型に対するねじれた憧憬であり畏怖である。
　ただ、俳句の奥義、俳句の俳句らしさというものがあるとして、それは実作を経ないことにはつかめないものかもしれない。その点でわたしは、どこまでいっても俳句の素人だが、しかしこの素人も、「詩」という永遠につかめないものを、ひたすら追いかけてきたことには変わりない。俳句を読むときも、自由詩と同じ線上に置き、そこに「詩」があるかないかを探すという態度になる。
　橋本多佳子の俳句を知ったとき、急に、深く惹かれた。徐々にではなかった。そこには「詩」があった。「詩」とは素早いものだ。

最初に出会ったのは、『紅絲』所収のあの一句ではなかったか。わたしは驚いて、この句に落ちた。恋に落ちるのと同じ速度で。

蛍籠昏ければ揺り炎えたゝす

詩がある、というときの「詩」とは、具体的な詩作品を言うのではない。詩を詩たらしめているところの抽象的な要素。それをポエジーと呼んでもいいし、作品の「命」と言い換えてもいい。

この一句は、籠のなかの蛍の変化をとらえているが、読者のほうで読解を煮詰めていけば、最後、残るのは「揺れ」である。死の予感を含むあえかな生命体が、ふいに生のほうへ、引き戻される。引き戻されたとき、光って揺れる。この動きを、五・七・五の固まった型式が躍動的に働き作り出しているので、読んでいるこちらは驚いてしまう。同じことを現代詩で書いたり、小説の一節に風景描写として書くことは不可能ではないだろうが、果たして同じ「揺れ」まで映しだせるか。少なくとも、意味を第一に伝える散文では難しいだろう。

消えかかっている光があり、作者らしき人の手が、その蛍籠を揺らした。それを「炎えたゝす」と、多佳子は書いた。死にかけているさびしいものが、不意の力に、もう一度、生命力をふるう。戻ってくる。引き返してくる。再び光りだす。最後のわずかな生命力かもしれない。けれどそれを出し切らないことには死ねないような光なのである。なんとさびしい句だろう、美しい句だろう。

昏ければ、と書き、いったん読者を闇の方へ惹きつけておきながら、ばねのように、生のほうへ読者を解き放つ。わたしは自分が、蛍となって、眠りから覚まされ、光ったような気がした。

橋本多佳子の句には、こういう躍動感が凝縮されて入っている。別の言い方をすれば、生命体の動きの跡が見える。いや、跡、どころではない。読みながら風景が、人が、ものが、今、動く。

蛍といえば、第一句集『海燕』には、「蛍火が掌をもれひとをくらくする」という、一行詩のような俳句があった。

ここに捉えられているのも不意の動きで、前掲「蛍籠〜」の一句が、昏いところから引き戻されるのに対し、こちらの句では、人が昏さのなかにしずんで終わる。一見、逆方向に見えて、「人が昏い」という認識は同じである。この昏さは、多佳子に独特のもので、「七夕や髪ぬれしまま人に逢ふ」と書いた、あの濡れ髪の、ぬめぬめとした黒にもつながっていく官能だ。昏さのなかに、ふうっと吸い込まれてしまいそうだし、吸い込まれてしまいたい。

曼珠沙華日は灼けつつも空澄めり

曼珠沙華という花を、多佳子は多く俳句に登場させている。秋の季語だが、この句の空気は夏の終わりを感じさせる。重要な作品ではないかもしれないが、「灼けつつも空澄めり」に、多佳子らしさが現れている。風景は「灼ける」と「澄む」という二つの動詞に引き裂かれ、中心の空洞から詩が吹き出す。

句集『信濃』では、同じ花が、

曼珠沙華さめたる夢に真紅なり

と捉えられ、さめたる夢、すなわち現実に、すっくと立つ真紅が鮮やかに目に残る。しかし感興はそこにとどまらず、次にこの句の助詞使いに目が惹かれる。「夢に」の「に」には、俳句の滋味が詰まっているように思う。意味を掘り出せば、「〜のなかに」ということだろう。わたしには、この「に」が一句を腰で支えているように見える。厳密な意味を追いかけると、実は曖昧(あいまい)でよくわからなくなってくる句でもある。曼珠沙華はどこに咲いているのか。夢と現(うつつ)の、境目のようなところだろうか。さめたる夢に、とあっても、それがすなわち、即現実とはいえず、「夢に真紅なり」という言葉のカタマリが、微妙な意味のぶれをおこす。

星空へ店より林檎あふれをり

『紅絲』所収。多佳子の句が孕むダイナミックな動きについては再三書いたが、動きに角度をつけているものは、助詞に他ならない。ここでは「へ」と「より」に注目してみよう。星空へ向かってあふれる店先の林檎。ここには店から夜空へと、のぼっていく、透明な階段の、急勾配の角度が見える。

のっぺりした、平板な句は作らなかった。一句のなかに、坂道、急勾配、急展開が見える。多佳子は夢想家ではなく幻視者でもない。ものをクリアに、くまなく、際限まで見尽くすリアリストである。そこから生け捕った「詩」を正確に表すために、現実をどのようにふくらませ、歪ませたらよいのかを、この人はほとんど昆虫の触角のようなもので即座に判断する。現実と表現とのあいだのずれに、極めて敏感な表現者だと思う。

あぢさゐの夕焼天にうつりたる

これは『海燕』所収。どこで切って読んだらよいか。「あぢさゐの夕焼」あるいは「夕焼天にうつりたる」。夕焼をなかにして、蝶の羽根のように折りたたまれている。どう解釈したらよいのか、これもじっくり考えると、よくわからなくなってくる。しかしイメージはすばやく落ちてきて、わたしはこの風景を、「見た」と感じた。あじさいが夕焼に照らされている。それがそのまま天に転写されている。鏡のように。そう取ってよいだろうか。

あじさいはすぐに衰える花だ。衰えたとき、茶色く変色し、かなり汚い。移ろいの予感をたたえた一瞬の花が、夕焼の狂気に包まれながら、天にそのまま写っている。多佳子には、こういう斬新な幻想を見る新しさがある。

ここでそれを見ているのは、もはや多佳子ではなく「わたし」自身。一句が読者に乗り移る速度が速い。

気に入った句には丸印をつけるが、それが俄然増えだすのが、わたしの場合、句集『紅絲』だった。何気ないふうの句にも、読者を立ち止まらせる力がある。この句はどうか。

しやぼん玉窓なき廈の壁のぼる

このしゃぼん玉も動いている。窓のない家が、窓がないことによって、一層無口に固定されているのに対し、しゃぼん玉は命を得て、壁を意志あるもののごとくのぼっていく。のぼっていくのに、なぜかむなしい。しゃぼん玉は、いつか現実を乗り越えてしまうだろう。もう二度と、こちら側に帰ってこられないだろう。灰色の夢を見たような心持ちがする。
少し先を読み継ぐと、今度はなべて下降していく動きの、次のようなカタマリが現れる。

死が近し翼を以て蝶降り来く
太虚より蝶落ちにおつ身をもだえ
手にとりて死蝶は軽くなりにけり
旅了らむ燈下に黒き金魚浮き
夜具の下畳つめたき四月尽

夜具の下の畳の冷たさを思う感覚は、尋常なものではない。この冷たさは、畳独自のものか、あるいは上から次第に移ってきたものだろうか。夜具の上には人が横たわっているはずだが、その人からして、すでに体温を持たず、死人のようだ。だがそこに、四月尽という季語が直観的に取り合わされ、その急激な場面展開により、切り口からは鮮やかな詩が一気にあふれる。

罌粟ひらく髪の先まで寂しきとき

罌粟がひらくところを見たことはないが、想像はできる。この句は、罌粟でなければ決まらなかっただろう。髪と罌粟、さびしきの「き」、K音が効果的に拾われている。

どんどん読み進めよう。そしてわたしが橋本多佳子を好きになったことのひとつは、雷がずいぶん登場するからである。いなびかりとは、多佳子その人の精神のことではないか。

いなびかり北よりすれば北を見る
いなびかり遅れて沼の光りけり
いなづまのあとにて衿をかきあはす

いずれも『紅絲』。激しいもの、屹立(きつりつ)しているもの、ただ一人ゆくもの、そういうものを、多佳子は多く句にしている。

しかし死の翌々年刊行された『命終』には、成熟した夫婦の姿があり、胸をつかれる。多佳子自身は、三十八歳のとき、夫・豊次郎氏と死に別れた。次の句には、夫婦の揺るぎない信頼とユーモアが浮かぶ。

蒟蒻掘る泥の臭(か)たてて女夫(めをと)仲

「か」と読ませているが、香ではなく臭。多佳子の句には、神経が針金のように細く鋭く行き渡っているが、同時にこの句に見られるような、現実認識の「太さ」も現れる。

土中より筍老いたる夫婦の財

筍に財とは、書けそうで書けない当意即妙の取り合わせだ。表現は新鮮だが奇抜に陥ることなく、読み手の感覚にぴたりとはまる。定型が言葉を、言葉が定型を、余すことなく使い切っていて、それが一句全体に、神経がはりめぐらされた印象を呼ぶのであるが、同時に土中にあるものの成熟は、細い神経だけでは表現できぬ。生命の根幹を正面からつかむ、太い神経が必要とされる。

万緑やわが額にある鉄格子

草あらし香を奪はれて百合おとろふ

乳母車坂下りきつて秋天下

こゑ断つて虻が牡丹にもぐり入る

深裂けの柘榴一粒だにこぼれず

氷塊の深部の傷が日を反す

雪の日の浴身一指一趾愛し

抜き出せばもうきりがなかった。多佳子は俳句の息遣いを知り抜いている。短く、激しく、荒々しく、そして典雅に。息をつめ、言葉を矯(た)め、一気に吐く。避雷針さながらの神経を駆使し、激流に落ちる椿のような句を作った。

（詩人・小説家）

年譜

一八九九（明治32）年　0歳

1月15日、東京市本郷区龍岡町（現文京区湯島）に生まれる。本名、多満。父山谷雄司（養子）、母津留。祖父山谷清風は、山田流箏曲検校を務めたという。

一九〇三（明治36）年　4歳

2月、妹登喜江生まれる。

一九〇五（明治38）年　6歳

浅草区瓦町（現台東区柳橋）へ転居。近所の荒川清（後の3代目市川左団次）と親しむ。福井尋常高等小学校入学。琴を中田光勢に師事。後、名人萩岡松韻（初世）にも師事する。

一九〇九（明治42）年　10歳

7月4日、父雄司逝去。

一九一〇（明治43）年　11歳

母の実家近く、本郷湯島天神下へ転居。湯島尋常高等小学校へ転入。

一九一一（明治44）年　12歳

湯島尋常高等小学校卒業。私立女子美術学校（菊坂校舎、現女子美術大学）へ進学を希望するが、春より肋膜炎で東大病院へ入院。7月、退院。千葉県大原海岸の知人宅で転地療養したという。

一九一四（大正3）年　15歳

祖父の後継として琴の「奥許」を受ける。琴のほか、三味線など芸事に精進する。

一九一七（大正6）年　18歳

4月、大阪橋本組の創立者橋本料左衛門の二男豊次郎と婚約。10月28日、結婚。記念に、大分県高城丘陵（現大分市）で農園を拓く。10万坪の敷地を、伊藤伝右衛門にも雇用されたドイツ人技師アレキサンドル・スパンが設計、監督。結婚を仲立ちした伯母渋谷多美子の勧めにより本名「多満」を「たか子」と改名。結婚後は、夫の希望で琴の代わりにピアノを習う。大阪へ転居。

一九一八（大正7）年　19歳
1月、東京滞在中、チフスに罹患し山龍堂病院へ入院。秋まで東京滞在。

一九一九（大正8）年　20歳
大阪橋本組北九州出張所の駐在重役として赴任する夫と、小倉へ転居。7月28日、長女淳子誕生。

一九二〇（大正9）年　21歳
企救郡板櫃村中原（現北九州市小倉北区中井浜）の高台に櫓山荘を新築。豊次郎の設計による3階建て和洋折衷の西洋館。以後、櫓山荘は小倉の文化サロン的存在としてにぎわう。多佳子も、九大教授を招きゲーテの研究会など開いたという。

一九二一（大正10）年　22歳
2月26日、二女国子誕生。

一九二二（大正11）年　23歳
3月25日、高浜虚子を迎え、櫓山荘で歓迎句会が開かれる。吉岡禅寺洞、杉田久女、曾田公孫樹ら参加。虚子の即吟に啓発され、杉田久女を師に俳句を学び始める。夏、宇野浩二、久米正雄、佐佐木茂索、里見弴らが櫓山荘を来訪。

一九二三（大正12）年　24歳
7月22日、豊次郎が清龍山観音院清水寺（小倉北区清水）に石塔「旅賓の墓」を建立する。8月1日、三女啓子誕生。

一九二五（大正14）年　26歳
杉田久女指導のもと、「ホトトギス」「破魔弓」（のち「馬酔木」）「天の川」に投句を始める。7月末、鉄道省主催の樺太（現サハリン）・北海道旅行に参加。歌人の北原白秋、吉植庄亮と同道。12月、「ホトトギス」各地俳句界欄（西山泊雲選）に〈昆布干す蝦夷の海辺や秋晴るゝ〉（多加女）。15日、四女美代子誕生。

一九二六（大正15／昭和1）年　27歳

3月2日、夫豊次郎の支援する小倉児童芸術協会発会式（小倉堺町小学校講堂）。阿南哲朗・黒田晴嵐企画、北原白秋・野口雨情・中山晋平顧問。発会式には杉田久女も参加、久留島武彦が講演した。5月、「ホトトギス」雑詠に初入選〈暖かや餅店の出る草の原〉（橋本多加女）。この年、「ホトトギス」各地俳句界欄にたびたび入選。

一九二七（昭和2）年　28歳

4月、「ホトトギス」雑詠に4句入選、〈曇り来し昆布干場の野菊かな〉など。以後、順調に入選を果たす。5月、「天の川」に第1回「嫩葉会」（杉田久女主宰の女性句会）報告記事、3席（6点）を獲得。翌年まで断続的に開催された同会に参加。この年、野口雨情（詩人）、中山晋平（音楽家）、藤蔭静枝（舞踏家）、石井漠（バレエダンサー）、佐藤千夜子（声楽家）の一行が櫓山荘を訪れる。

一九二八（昭和3）年　29歳

4月29日、福岡市東公園一方亭の惜春句会に参加。ほか、吉岡禅寺洞、楠目橙黄子、久保猪之吉・より江夫妻、杉田久女など。7月、「馬酔木」改題創刊、雑詠2席に入選。8月中旬、雲仙へ旅行。

一九二九（昭和4）年　30歳

4月、「天の川」に「婦人俳句」欄（杉田久女選）創設、〈囀の一羽おりたる芝生かな〉など2句入選。以後、同欄でしばしば首席。8月下旬、馬で阿蘇登山。11月、義父料左衛門逝去のため大阪市住吉区帝塚山へ転居。23日、「ホトトギス」400号記念関西大会講演に杉田久女と参加。山口誓子と初めて会う。

一九三〇（昭和5）年　31歳

6月、「天の川」同人に挙げられる。8月、「玉

口誓子の指導を受けるようになる。
在住「ホトトギス」同人の勉強会）へ入会、山
野草城、皆吉爽雨、阿波野青畝などによる関西
ば入選する。この頃、「無名会」（山口誓子、日
藻」（6月創刊）雑詠に入選、その後もしばし

一九三一（昭和6）年　32歳
1月、山口誓子・波津女夫妻、浅井啼魚一家
（波津女の実家）と共に、新年の宝塚ホテル滞
在を恒例とする（昭和12年まで）。「玉藻」特集
記事「近頃写生した一句」に寄稿。3月、「玉
藻」に随筆「木菟」発表、兼題「水鳥」選者を
務める。5月、〈麦踏みにあひたるのみの飛鳥
京〉など5句で「天の川」雑詠巻頭。この頃、
添削指導を受けていた高浜虚子から「橋本多佳
女」宛ての返信を受け、「ホトトギス」3月号
より俳号を「多加女」から「多佳女」とする。
虚子が同じく指導した磯田多佳女と混同したた
めという。

一九三三（昭和8）年　34歳
夏、避暑のため櫓山荘滞在。横山白虹らと神崎
縷々宅で句会。

一九三四（昭和9）年　35歳
8月、櫓山荘に山口誓子夫妻来訪。誓子「櫓山
荘」5句を詠む。19日、芦屋の皿井旭川別邸で
開催の元忌・蔵王忌句会参加、〈我が行けば露
とびかゝる葛の花〉など。

一九三五（昭和10）年　36歳
1月、山口誓子の選句を受けるようになり、正
式に師事する。2月、誓子、『黄旗』刊行後に
「ホトトギス」離脱を決意し、5月号より「馬
醉木」へ参加。行動を共にするよう促される。
5月、豊次郎と中国の上海、杭州へ旅行。6月、
「西湖新々旅舎二句」を最後に「ホトトギス」
辞去。「玉藻」に大阪玉藻会の報告記「藤の雨」
を田中秋琴女と共記。7月、「玉藻」各地より
の声欄にコメント掲載、以降辞去。9月、誓子
に従い「馬醉木」へ同人加入、以降俳号を「多
佳子」とする。「南風と練習船」7句、「月見

草」5句発表。

一九三六（昭和11）年　37歳

1月、豊次郎、長女淳子と二女国子を伴い上海、香港、マニラへ旅行。

一九三七（昭和12）年　38歳

1月、一家で櫓山荘を訪ねる。4月、水原秋桜子を迎えるため、山口誓子夫妻と奈良へ赴く。5月、上京。8月、山口波津女実父浅井啼魚急逝。病身の豊次郎と葬儀に参列。9月30日、豊次郎逝去。享年50。葬後、体調を崩す。

一九三八（昭和13）年　39歳

2月、小倉市仏教連合会主催「豊次郎追悼会」に四女美代子と出席。8月2日より、夏を家族と櫓山荘で過ごす。14日、豊次郎建立の「旅賓の墓」へ、豊次郎遺骨を分骨。18〜22日、三女啓子、四女美代子と阿蘇、雲仙、長崎へ旅行。28日午後、櫓山荘惜別の句会を催す。横山白虹、中屋房子（のちの白虹夫人）、竹下しづの女、竹下竜骨（しづの女長男）ら参加。

一九三九（昭和14）年　40歳

1月7日、長女淳子、四女美代子と新潟県妙高高原の赤倉観光ホテル滞在。早春、九州へ。横山白虹の案内で小倉競馬場を訪ねる。7月、体調すぐれず、一家で山梨県山中湖畔のニューグランドロッジ滞在。

一九四〇（昭和15）年　41歳

7〜8月、山中湖畔滞在。10月7〜13日、上京の途次、箱根強羅ホテルの山口誓子夫妻を訪ねる。誓子実妹下田実花と初めて会う〈夕焼くるかの雲のもとひと待たむ〉。

一九四一（昭和16）年　42歳

1月、第1句集『海燕』（交蘭社）刊行。5月、二女国子と長野県野尻湖に家を求める。6月、一家で野尻湖畔に滞在（上水内郡柏原村神山山荘）。国子と多佳子のみ10月まで滞在。近所に『海燕』を装丁した陶芸家富本憲吉の山荘があり、家族ぐるみで交遊。

一九四二（昭和17）年　43歳

春、加藤かけいの案内で二女国子と岐阜県馬籠を訪ね、永昌寺に宿泊。避暑のため、野尻湖畔に滞在（神山山荘）。11月7日、母津留逝去。享年82。

一九四三（昭和18）年　44歳

夏から秋にかけ、野尻湖畔に滞在（神山山荘）。秋、三重県四日市市富田に転居していた山口誓子を訪ねる。

一九四四（昭和19）年　45歳

5月、奈良県生駒郡伏見村字菅原（現奈良市あやめ池）へ疎開。農作業にいそしみ、句作途絶えがちになる。山口誓子句〈句を見ねば君の遠さよ秋の風〉を受け、再開。10月、三女啓子結婚。

一九四五（昭和20）年　46歳

この頃、空襲を案じた山口誓子から句稿の保管を託される。8月15日、終戦。11月7〜22日、大分の農園整理のため九州へ。貨物列車に窓から飛び乗るなどした。

一九四六（昭和21）年　47歳

1月21日、杉田久女、太宰府の筑紫保養院で逝去。3月、九州滞在、久女逝去を知る〈春潮に指をぬらして人弔ふ〉。5月、毎日新聞奈良支局長和田辺水楼の紹介で西東三鬼を知る。三鬼を介し、平畑静塔、東京三（秋元不死男）、石橋辰之助、三谷昭など相次ぎ訪れる。6月、山口誓子、四日市市富田より同市内天ヵ須賀（あまがすか）へ転居。25日より、大分農園の売買に携わる。10月、新居の誓子を訪う。この年、多佳子宅で保管した誓子の『激浪』疎開稿に三鬼が感激。誓子を迎えた俳誌の計画を持つ。『激浪』は青磁社から昭和19年末刊行予定のところ、戦災のため、昭和21年7月再刊。秋頃より、奈良の日吉館で、三鬼、静塔と奈良俳句会を始める。

一九四七（昭和22）年　48歳

3月12日、東大寺二月堂の修二会（お水取）に参籠。29日、山口誓子が奈良に来遊、翌日榎本冬一郎ら30名と戒壇院で句会。5月、西東三鬼、帰省途次の石田波郷を伴い訪問。誓子主宰誌について話す。6月、二女国子結婚。7月、第2句集『信濃』（臼井書房）刊行。8月10日、榎本冬一郎の故郷和歌山県田辺を訪れる。「雲母」同人の高橋淡路女と会う。9月、現代俳句協会結成、会員となる。7日、「天狼」大阪新人会発足。10月、水原秋桜子、誓子の新誌創刊について「馬酔木」に記す。「馬酔木」を辞去。5日、七曜新人会発足。11月5日、元興寺近くで西東三鬼歓迎句会。丘本風彦、堀内薫ら。この間、三鬼、榎本冬一郎と共に、誓子へ主宰誌発刊を促す。

一九四八（昭和23）年　49歳

1月、山口誓子主宰「天狼」創刊。創刊同人として「北を見る」10句発表〈いなびかり北よりすれば北を見る〉。「天狼」僚誌として「七曜」創刊、榎本冬一郎と指導にあたる。11日、第1回「七曜」句会を自宅で開催。四女美代子初参加、堀内薫より津田清子の紹介を受ける。3月13日、大阪大丸社員による第1回若葉会句会開催、指導にあたる。4月、静養中の誓子を訪う。上京、東京の俳人らと面会。7月、京都の祇園祭見学。8月より、自宅で堀内薫と「新古今和歌集」の断続的な勉強会を持つ。9月9日、生駒山の慈光寺で第1回「七曜」吟行句会開催。10月、誓子、三重県鈴鹿市白子町鼓ヶ浦へ転居。

一九四九（昭和24）年　50歳

1月、「白秋の思ひ出」（「天狼」）発表。3月20日、鼓ヶ浦の山口誓子を訪れ、堀内薫を紹介する。12月、榎本冬一郎、「七曜」を辞去し「星恋」（のち「群蜂」）主宰。

一九五〇（昭和25）年　51歳

1月、「七曜」主宰となり、客員に山口波津女を迎える。18日、自宅で「三鬼・多佳子の対談」開催、津田清子速記。27日、西東三鬼、右城暮石と金沢に沢木欣一らを訪ねる。4月22日、天理訪問中の三笠宮夫妻と面会。「天狼」のことなど談じる。27日、桂信子来訪。5月10日より、三女啓子のもとへ上京。22日、座談会「女流俳人とその作品について」（東京・上野松葉亭）に参加。ほか、秋元不死男、安住敦、石川桂郎、加倉井秋を、三谷昭、山本健吉。6月、長女淳子結婚。8月、加倉井秋を、池上浩山人を、堀内薫らと生駒の十三屋旅館に迎える。9月、「久女のこと」（「俳句研究」）発表。23日、「七曜」メンバーらと大野寺へ吟行。10月9日、秋篠寺へ吟行。17日、神田秀夫を囲み、日吉館で奈良俳句会。28日、兵庫県淡路七曜俳句会発足第1回句会。29日、洲本八幡神社で歓迎句会。30日、四州園へ吟行。11月3日、奈良の慈光院で天狼同人句会。14日、神田秀夫来訪、自宅に一泊。

一九五一（昭和26）年　52歳

1月6日、関西旅行中の横山白虹、岡部麦山子らに招かれ九州旅行。上京。2月24日、東京・芝の美術倶楽部で池上浩山人・不二子夫妻らによる歓迎句会。4月30日、「天狼」創刊と「自鳴鐘」復刊（横山白虹）3周年を合同記念する現代俳句大会へ西東三鬼と参加のため、夜行で九州へ。5月3日、小倉市延命寺（現小倉北区赤坂）の潮風園で大会。5日、福岡市西中洲（現中央区）の商工会議所で大会。この間、古賀、田川でも句会〈青蘆原をんなの一生透きとほる〉。終了後、白虹、三鬼とともに吉岡禅寺洞と病床の竹下しづの女を訪ねる。山口県川棚温泉で慰労会。12日、帰宅。6月、第3句集『紅絲』（目黒書店）刊行。3日、近鉄奈良駅近くの商工会議所で「天狼」3周年記念各地俳句大会。16日、平畑静塔、堀内薫、津田清子らと室生寺で蛍狩。9月、平畑静塔「『紅絲』の嘆き」（「天狼」）発表。10月、大阪女子大学俳句部の指導を始める。21日、中日会館（名古屋市）で「天狼」3周年記念全国俳句大会。

一九五二（昭和27）年　53歳

2月、翌月にかけ病臥。3月、竹下しづの女追悼文「片蔭」（「萬緑」）発表。4月、兵庫県七曜有馬支部3周年記念句会。NHK主催の近畿在住文化人懇親会番茶クラブ（入江泰吉、上司海雲、川村与志栄、須田剋太、竹中郁など）開催日に心臓発作を起こす。以後発作を繰り返す。5月、京都七曜会員と二条城を吟行。末ごろ上京。8月22日、七曜添高支部のメンバー、堀内薫、津田清子、美代子らとあやめ池吟行。10月2日、津田清子と長野県七曜松本支部発会式に参加のため、夜行で長野へ出発。3日着、午後林檎園を訪ねる。4日、明行寺で長野「天狼」句会。晩の座談会に歌人齋藤史が参加。5日、小諸を訪ねる。6日、北軽井沢から鬼押出しへ吟行。7日、東京へ。在京中に池上不二子を訪問。この年、5月号より寺山修司が「七曜」に投句、のち依頼で寺山の俳誌「牧羊神」（昭29・2創刊）の誌名を揮毫。

一九五三（昭和28）年　54歳

1月6日、山口誓子宅で『俳句』企画座談会に出席。ほか、西東三鬼、平畑静塔。3月、スランプのため長野を訪れる。長野市の木口奈良堂宅に滞在、内山紙漉場へ吟行。湯田中から小諸の小林朴壬宅へ。和田峠から諏訪に赴き、伊東総子宅へ。5月、毎日俳壇大会（大阪毎日新聞社主催、天狼俳句会後援）に参加。そのまま上京。6月、誓子、静塔らと三重県名張へ蛍狩。7月30日、静塔、津田清子、堀内薫らと奈良県吉野へ吟行。8月8日、住友ビルで座談会「七曜展望―五周年記念に当りて―」参加。9月13日、大阪の警視庁クラブで「七曜」5周年記念俳句大会。来賓に、静塔、右城暮石、榎本冬一郎。20日、榎本冬一郎『鋳像』祝賀会。25日、鼓ヶ浦の誓子宅、台風13号に遭い多くの蔵書が流出。10月5日、誓子宅へ水害見舞いに訪れるが、留守。16日、四女美代子と淡路島へ。17日、朝倉十艸宅で歓迎句会。18日、兵庫県淡路七曜俳句会会員と吟行。この月、誓子、兵庫県西宮市苦楽園へ転居。11月3日、広島県「七曜」福山俳句大会に参加。5日、岡山県倉敷の池田屋で歓迎句会。22日、大阪の大手前会館で「天狼」5周年大会。

一九五四（昭和29）年　55歳

1月2日、自宅で新年句会。11日より長野県上諏訪へ、伊東総子宅泊。12日、八ヶ岳麓で寒天作りを見学。13日、舞姫酒造を訪ねる。夜、諏訪湖凍結〈月一輪凍湖一輪光りあふ〉。14日、松本へ。15日、那須風雪宅に一泊。16日、木口奈良堂宅より3日間、中野町、小布施村、長元坊など訪れる。20日、上田市着。21日、小諸の小林朴壬宅で堀内薫と偶然会う。22日、軽井沢の採氷場を見学後、上京。26日、秋元不死男を訪ね、角川書店へ。池上不二子、石田波郷、小坂順子、楠本憲吉と会う。30日、現代俳句協会に出席、沢木欣一と東京天狼同人会懇談会に出席。2月5日、帰宅。3月21日、「天狼」和歌山大会に参加。山口誓子、平畑静塔と加太浦を訪れる。4月29日、誓子を迎え七曜吟行。5月21日より津田清子と九州旅行、横山白虹らに迎えられる。22日、長崎着。23日、長崎俳句大会に参加。24日、浦上、大浦、崇福寺など訪れる。25日、雲仙着。26日、阿蘇着。27日、太宰府の筑紫保養院を訪ね、久女を悼む〈万緑やわが額にある鉄格子〉。29日、博多大会に参加。30日、小倉大会に参加。6月2日、伊丹空港帰着。7月、朝倉十艸の招きで、誓子と淡路島へ。渦潮や牧場の搾乳を見る。20日、七曜添高支部が寺山修司を迎え、丹波市の迎乗寺で歓迎句会。21日、寺山修司が堀内薫の案内で自宅を来訪。8月、九州旅行吟「長崎まで」（『俳句』）発表。中村草田男歓迎現代俳句協会に出席。9月、肋膜炎再発。10月10日、誓子、静塔、榎本冬一郎と「青玄」5周年大会。この頃から読売俳壇選者を務める。

一九五五（昭和30）年　56歳

1月、「久女」（「解釈と鑑賞」）発表。3月13日、榎本冬一郎の「群蜂」大会出席。春、津田清子と三重県志摩に遊ぶ。6月、四女美代子結婚、自宅に同居。7月、松井利彦の招きで岐阜県長良川の鵜飼を見学。加藤かけいに再会。13日、帰着。24日、平畑静塔らと高雄句会。8月29日、津田清子の案内で、三重県赤目の滝へ吟行、一泊。9月、伯母渋谷多美子死去。24日、静岡県七曜焼津支部みみずく俳句会句会に参加、漁港の競りを見学。10月22日、七曜メンバーと鞍馬の火祭を見学。円通寺に一泊。30日、毎日会館で大阪市民俳句大会。11月3日、兵庫県七曜有馬支部句会。秋、二六会で小豆島、高松をめぐる。12月、NHKの招きで、山口誓子と高知県室戸岬へ旅行〈崎に立つ遍路や何の海彦待つ〉。

一九五六（昭和31）年　57歳

1月10～15日、高島屋美術部主催の俳書展へ、河合卯之助画多佳子賛の合作を出品。17・18日、山口誓子と奈良古梅園の墨工房へ吟行。19日、心臓発作。2月19・20日、鴨撃ちへ同行するため津田清子と滋賀県近江八幡へ〈猟銃音殺生界に雪ふれり〉。3月25日、BKラジオ「俳壇選評」放送。4月、愛媛県七曜八幡浜支部発会式に出席。5月20日、長野県「天狼」俳句大会に誓子と出席。犀川、千曲川の合流点に架橋する落合橋を訪ねる。帰途、伊東総子の案内で誓子と八ヶ岳に遊ぶ〈この雪嶺わが命終に顕ちて来よ〉。21日、大阪百貨店連合句会。月末、心臓発作を起こし養生。6月9日、静岡県焼津へ、高橋沐石と会う。10日、七曜焼津支部みみずく俳句会主催「橋本多佳子先生招請俳句大会」。11日、上京。13日、秋元松代と会う。15日、角川出版記念大会出席。7月、松井利彦の招きで、誓子と長良川で鵜飼を見学。女性が鵜舟に乗ることは禁じられていたが、懇請により黒装束での参加を許される。8月、「七曜」100号刊行。10月、岐阜県美濃市上牧で紙漉を、関市小瀬で鵜飼を見学。28日、毎日新聞社講堂で大阪市民文化祭俳句大会選者を務める。ほか阿波野青畝、田村木国など。11月、心臓発作続く。

一九五七（昭和32）年　58歳

2月、第4句集『海彦』（角川書店）刊行。13～22日、NHK放送のため、山口誓子と愛媛県新居浜、高知県足摺岬を旅行。4月、佐野まもるの招きで誓子と徳島県孫崎から鳴門の渦潮を観る。5月5日、大阪府教育会館で『海彦』出版記念会開催。誓子、平畑静塔、榎本冬一郎、右城暮石、波止影夫、鈴木六林男、津田清子ら出席。12日、「七曜」10周年を期して奈良吟行。6月25～30日、大阪阪急百貨店で「山口誓子・橋本多佳子俳書展」開催。8月、津田清子と高野山真別処の行、盆燈籠を見学。晩秋、津田清子と奈良県賀名生村で蒟蒻掘りを見学。

一九五八（昭和33）年　59歳

1月5～7日、津田清子と島根県松江の宍道湖へ白鳥を訪ねる。2月3日、山口誓子と春日神社の万燈籠を見学。4月13日、兵庫県苦楽山荘で「七曜」10周年記念大会。誓子、平畑静塔ら出席。5月18日、東京の「天狼」10周年記念大会に出席。7月16・17日、京都の祇園祭で宵山と山鉾巡行を観る。23日から誓子、松井利彦ら10人で岐阜県乗鞍岳登攀。山上で台風に遭い、体調を崩す。山岳部員らの救助で下山。10月21～26日、大阪阪急百貨店で「山口誓子・橋本多佳子俳書展」再度開催。11月、大阪女子大俳句部と京都の浄瑠璃寺へ吟行。12月、和歌山県新宮公民館俳句大会に出席。

一九五九（昭和34）年　60歳

1月、茶道雑誌「淡交」の読者投句欄「淡交俳壇」選者を務める（昭和38年6月号まで）。津田清子と滋賀県琵琶湖長浜のちりめん工場見学。4月26日、「七曜」メンバーと奈良郡山の金魚池へ吟行。5月24日、大阪俳句雑誌連盟創立俳句大会で選者を務める。7月、二六会で瀬戸内海から別府へ。由布高原をドライブ。9月、YTV（よみうりテレビ）「俳句教室」を担当（11月まで）。12月6日、広島県七曜呉支部発会式に出席。7日、矢野町の牡蠣割場、音戸の瀬戸を訪ねる〈なだれる牡蠣一刀もつて牡蠣割女〉。

一九六〇（昭和35）年　61歳

1月、松下電器テレビ事業部の俳句会を指導し始める。3月、東大寺二月堂の修二会を見学。作品に「走りの行法」「ダッタンの行法」など。4～5月、胃病のため静養。7月、山口誓子の解説を付した『橋本多佳子句集』（角川文庫）

刊行。20日、胆嚢炎で大阪回生病院入院。9月、黄疸のため、入院長引く。10月、「七曜」に「K病院」5句発表〈九月来箸をつかんでまた生きる〉。12月、第2回スバル賞受賞。10日、退院。

一九六一（昭和36）年　62歳

1月、「七曜」に「K病院」10句発表〈病み勝つて日々木の葉髪木の葉髪〉。15日、自宅で新年句会。3月11日、自宅で大阪女子大句会。7月9日、長良川畔に山口誓子との師弟句碑建立〈早瀬ゆく鵜綱のもつれもつるるまま〉。9月、体調崩れる。11月12日、名古屋の「天狼」13周年全国大会に出席。

一九六二（昭和37）年　63歳

1月、第3回スバル賞受賞。1日、丘本風彦来訪、独楽回しを習う。天皇詠進俳句会審査委員兼理事に推戴される。2日、NHK第二放送で山口誓子との対談「新春俳談」放送。3月、女性俳句懇話会結成、発起人になる。ほか、中村汀女、細見綾子、横山房子、桂信子など。20日、誓子と京都祇園のお茶屋一力亭で大石忌に参加。4月1日、西東三鬼逝去。22日、誓子夫妻と信楽に遊ぶ。5月、体調を崩し、夏中養生を続ける。声帯を傷める。6月、「七曜」に「三鬼さんを悲しむ」10句発表〈げんげ畑そこにも三鬼呼べば来る〉。21日、奈良県文化賞受賞。夏、奈良県法華寺の久我高照門跡とNHKテレビで対談。10月15日、堀内薫と奈良公園内鹿苑で角伐りを見学。12月、第4回スバル賞受賞、3年連続での受賞。

一九六三（昭和38）年　64歳

1月、「天狼」新年句会に出席。13日、「七曜」新年句会で奈良の新薬師寺吟行。2月、大阪回生病院入院。3月、胆嚢炎手術、開腹の結果末期癌判明。5月29日、肝臓癌のため逝去。30日、あやめ池で密葬。法名、心華院瑞岳梅馨大姉。6月8日、東本願寺難波別院南御堂で天狼葬儀式。9日、『俳句』多佳子追悼号（8月号）掲載の座談会開催。29日、多佳子忌み明けの集い開催。7月、「俳句研究」が追悼号刊行。7日、東大寺で多佳子追悼句会開催。終了後、NHKで放送された誓子・多佳子対談「新春俳談」録音を聞く。8月、「天狼」「七曜」『俳句』が追悼号刊行。

一九六五（昭和40）年
3月、遺句集『命終』（角川書店）刊行。

中西由紀子（北九州市立文学館）編

本年譜は、北九州市立文学館図録『橋本多佳子 雪はげし抱かれて息のつまりしこと』（二〇一〇・四）掲載の年譜を基にした。橋本多佳子自筆年譜（『橋本多佳子句集』角川文庫　一九六〇・七）、松井利彦編「橋本多佳子年譜」（『橋本多佳子全句集』立風書房　一九七三・五）、堀内薫編「橋本多佳子年譜」（『橋本多佳子全集第二巻』立風書房　一九八九・十一）を参照し、新たな調査結果を加えて編集した。

季語索引

＊本書所収の全句を、概ね角川書店版『合本俳句歳時記 第四版』及び『角川 季寄せ』に従って、季語別に分類、現代仮名遣いの五十音順に配列した。
＊漢数字はページ数を示す。無季の句や季語の確定できない句は、本索引に収載していない。

あ

さ

な

は

ま

本書は左記を底本としました。

○「海燕」「信濃」「紅絲」「海彦」「命終」「信濃」「補遺」
『橋本多佳子全集　第一巻』（立風書房）一九八九年十一月

○「自句自解」
『橋本多佳子全集　第二巻』（立風書房）一九九〇年四月

○「解説　附多佳子ノート」
『橋本多佳子句集』（角川文庫）一九六〇年七月

「自句自解」「解説」については表記を新字新仮名に改めました。

橋本多佳子全句集

橋本多佳子

平成30年 8月25日　初版発行
令和7年 6月10日　12版発行

発行者●山下直久

発行●株式会社KADOKAWA
〒102-8177　東京都千代田区富士見2-13-3
電話　0570-002-301（ナビダイヤル）

角川文庫 21131

印刷所●株式会社KADOKAWA
製本所●株式会社KADOKAWA

表紙画●和田三造

●お問い合わせ
https://www.kadokawa.co.jp/（「お問い合わせ」へお進みください）
※内容によっては、お答えできない場合があります。
※サポートは日本国内のみとさせていただきます。
※Japanese text only

Printed in Japan
ISBN978-4-04-400412-5　C0192

◆◆◆

角川文庫発刊に際して

角川源義

第二次世界大戦の敗北は、軍事力の敗北であった以上に、私たちの若い文化力の敗退であった。私たちの文化が戦争に対して如何に無力であり、単なるあだ花に過ぎなかったかを、私たちは身を以て体験し痛感した。西洋近代文化の摂取にとって、明治以後八十年の歳月は決して短かすぎたとは言えない。にもかかわらず、近代文化の伝統を確立し、自由な批判と柔軟な良識に富む文化層として自らを形成することに私たちは失敗して来た。そしてこれは、各層への文化の普及滲透を任務とする出版人の責任でもあった。

一九四五年以来、私たちは再び振出しに戻り、第一歩から踏み出すことを余儀なくされた。これは大きな不幸ではあるが、反面、これまでの混沌・未熟・歪曲の中にあった我が国の文化に秩序と確たる基礎を齎らすためには絶好の機会でもある。角川書店は、このような祖国の文化的危機にあたり、微力をも顧みず再建の礎石たるべき抱負と決意とをもって出発したが、ここに創立以来の念願を果すべく角川文庫を発刊する。これまで刊行されたあらゆる全集叢書文庫類の長所と短所とを検討し、古今東西の不朽の典籍を、良心的編集のもとに、廉価に、そして書架にふさわしい美本として、多くのひとびとに提供しようとする。しかし私たちは徒らに百科全書的な知識のジレッタントを作ることを目的とせず、あくまで祖国の文化に秩序と再建への道を示し、この文庫を角川書店の栄ある事業として、今後永久に継続発展せしめ、学芸と教養との殿堂として大成せんことを期したい。多くの読書子の愛情ある忠言と支持とによって、この希望と抱負とを完遂せしめられんことを願う。

一九四九年五月三日

角川ソフィア文庫ベストセラー

俳句鑑賞歳時記　山本健吉

著者が四〇年にわたって鑑賞してきた古今の名句から約七〇〇句を厳選し、歳時記の季語の配列順に並べなおした。深い教養に裏付けられた平明で魅力的な鑑賞と批評は、初心者にも俳句の魅力を存分に解き明かす。

俳句とは何か　山本健吉

俳句の特性を明快に示した画期的な俳句の本質論「挨拶と滑稽」や「写生について」「子規と虚子」など、著者の代表的な俳論と俳句随筆を収録。初心者・ベテランを問わず、実作者が知りたい本質を率直に語る。

ことばの歳時記　山本健吉

古来より世々の歌よみたちが思想や想像力をこめて育んできた「季の詞（ことば）」を、歳時記編纂の第一人者が名句や名歌とともに鑑賞。現代においてなお感じることのできる懐かしさや美しさが隅々まで息づく名随筆。

仰臥漫録　正岡子規

明治三四年九月、命の果てを意識した子規は、食べたもの、服用した薬、心に浮んだ俳句や短歌を書き付けて、寝たきりの自分への励みとした。生命の極限を見つめて綴る覚悟ある日常。直筆彩色画をカラー収録。

俳句への旅　森澄雄

芭蕉・蕪村から子規・虚子へ――。文人俳句・女流俳句を見渡しつつ、現代俳句までの俳句の歩みを体系的かつ実践的に描く、愛好家必読ロングセラー。戦後俳壇をリードし続けた著者による、珠玉の俳句評論。

角川ソフィア文庫ベストセラー

芭蕉百名言　山下一海

風流風雅に生きた芭蕉の、俳諧に関する深く鋭い百の名言を精選。どんな場面で、誰に対して言った言葉なのか、何に記録されているのか。丁寧な解説と的確で平易な現代語訳が、俳句実作者以外にも役に立つ。

決定版　名所で名句　鷹羽狩行

地名が季語と同じ働きをすることもある。そんな名句を全国に求め、俳句界の第一人者が名解説。旅先の地名も、住み慣れた場所の地名も、風土と結びついて句を輝かす。地名が効いた名句をたっぷり堪能できる本。

金子兜太の俳句入門　金子兜太

「季語にとらわれない」「生活実感を表す」「主観を吐露する」など、句作の心構えやテクニックを82項目にわたって紹介。俳壇を代表する俳人・金子兜太が、独自の俳句観をストレートに綴る熱意あふれる入門書。

俳句、はじめました　岸本葉子

人気エッセイストが俳句に挑戦！　俳句を支える季語の力に驚き、句会仲間の評に感心。冷や汗の連続だった吟行や句会での発見を通して、初心者がつまずくポイントがリアルにわかる。体当たり俳句入門エッセイ。

芭蕉のこころをよむ　「おくのほそ道」入門　尾形仂

『おくのほそ道』完成までの数年間に芭蕉は何を追い求めたのか。その創作の秘密を解き明かし、俳諧ひと筋に生きた芭蕉の足跡と、〝新しみ〟や〝軽み〟を常とした作句の精神を具体的かつ多角的に追究する。

角川ソフィア文庫ベストセラー

中原中也全詩集
中原中也

歌集『末黒野』、第一詩集『山羊の歌』、没後刊行の第二詩集『在りし日の歌』、生前発表詩篇、草稿・ノート類に残された未発表詩篇をすべて網羅した決定版。巻末に大岡昇平「中原中也伝――揺籃」を収録。

釈迢空全歌集
折口信夫
編／岡野弘彦

短歌滅亡論を唱えながらも心は再生を願い、日本語の多彩な表現を駆使して短歌の未来と格闘し続けた折口。私家版を含む全ての歌集に、関東大震災の体験を詠んだ詩や拾遺を収録する決定版。岡野弘彦編・解説。

短歌はじめました。
百万人の短歌入門

穂村　弘
東　直子
沢田康彦

有名無名年齢性別既婚未婚等一切不問の短歌の会「猫又」。主宰・沢田の元に集まった、主婦、女優、プロレスラーたちの自由奔放な短歌に、気鋭の歌人・穂村と東が愛ある「評」で応える！　初心者必読の入門書。

ひとりの夜を短歌とあそぼう

穂村　弘
東　直子
沢田康彦

私かて声かけられた事あるねんで（気色の悪い人やったけど）↑これ、短歌？　短歌です。女優、漫画家、高校生――。異業種の言葉の天才たちが思いっきり遊んだ作品を、人気歌人が愛をもって厳しくコメント！

短歌があるじゃないか。
一億人の短歌入門

穂村　弘・
東　直子・
沢田康彦

漫画家、作家、デザイナー、主婦……主宰・沢田のもとに集まった傑作怪作駄作の短歌群を、人気歌人の穂村と東が愛ある言葉でバッサリ斬る！　読んだその日から短歌が詠みたくなる、笑って泣ける短歌塾！